U0601355

宋词
排行榜

王兆鹏　郁玉英

郭红欣　●著

中华书局

图书在版编目（CIP）数据

宋词排行榜/王兆鹏,郁玉英,郭红欣著. －北京:中华书局,2012.1
ISBN 978 － 7 － 101 － 08353 － 8

Ⅰ.宋… Ⅱ.①王…②郁…③郭… Ⅲ.宋词－诗词研究 Ⅳ.I207.23

中国版本图书馆 CIP 数据核字（2011）第 234662 号

书　　名	宋词排行榜	
著　　者	王兆鹏　郁玉英　郭红欣	
责任编辑	周　旻　刘胜利	
出版发行	中华书局	
	（北京市丰台区太平桥西里 38 号　100073）	
	http://www.zhbc.com.cn	
	E － mail:zhbc@ zhbc. com. cn	
印　　刷	北京瑞古冠中印刷厂	
版　　次	2012 年 1 月北京第 1 版	
	2012 年 1 月北京第 1 次印刷	
规　　格	开本/700 × 1000 毫米　1/16	
	印张 19¼　插页 2　字数 17 千字	
印　　数	1 － 20000 册	
国际书号	ISBN 978 － 7 － 101 － 08353 － 8	
定　　价	36.00 元	

前　言

一

　　本书是《唐诗排行榜》的姊妹篇，也是尝试用定量分析的方法，衡定宋词中的经典名篇，比较各名篇影响力的大小和知名度的高低。

　　唐诗宋词排行榜，是我做文学经典和传播研究的副产品，是学术研究成果的转化与延伸。研究文学经典，首先要追问哪些是经典？经典是怎样确立的？是什么时候被确认的？从文体上说，唐诗宋词，已是公认的经典文体，但从具体篇目上看，流传至今的五万多首唐诗、两万多首宋词并非篇篇都是经典。究竟哪些是经典、哪些是名篇，自然是见仁见智。我们每个人都有自己喜欢的经典，但每个人心仪的经典肯定不同。我们怎样寻找公众的共识？如果用传统的定性分析方法，我们很难得出一个相对确定的答案。同样一篇作品，我说它是经典，可以找出多种理由，引证多家权威的说法。你说它不是经典，也可以找到多种理由，并找出诸多证据。比如苏轼《念奴娇·赤壁怀古》，是人们熟知的经典名篇，但古人也有不买帐的。清人沈时栋就认为《念奴娇·赤壁怀古》虽然历来脍炙人口，可词中"小乔初嫁了，雄姿英发"二句是败笔，周瑜的"雄姿英发"本是天然生就的，哪会等到"小乔初嫁"之后才"雄姿英发"呢？在沈时栋看来，这种有明显瑕疵的作品，不配称经典！所以他选《古今词选》时，就把苏轼这首作品排除在外。无独有偶。晚清"四大词人"之一的朱祖谋，所选《宋词三百首》是二十世纪流传最广的选本之一，其影响力足以跟《唐诗三百首》并驾肩随。朱老夫子在《宋词三百首》的初版中入选了《念奴娇·赤壁怀古》，可后来修订再版时，又把它删去了，也许是觉得这首词不入他的法眼吧。要是认为《念奴娇·赤壁怀古》不是经典，完全可以举这两个例子来证明。

欣赏和评价文学作品，是主观的。我们能不能找到一种相对客观的方法来衡量测度哪些作品是受人欣赏和肯定的，哪些作品不那么被人欣赏和关注呢？于是，我们尝试用统计分析的方法，用数据来衡量排比哪些唐诗宋词比较受人关注、影响力指数比较高。我们做唐诗宋词的排行榜，选择千百年来长时段的各种历史数据，用客观的数据来决定结果。不管你个人的主观好恶如何，你是否服气和认同，公众票决的结果是应该接受的，可以视为一种共识。

我们用统计分析的方法来作文学研究，已有 17 年的历史了。1994 年，我就和同门刘尊明教授联名发表过《历史的选择：宋代词人历史地位的定量分析》的学术论文，用六个方面的数据统计分析得出宋代词人的综合影响力排行榜，排比出宋代词人三百家，遴选出影响力最大的十大词人：辛弃疾、苏轼、周邦彦、姜夔、秦观、柳永、欧阳修、吴文英、李清照、晏几道和贺铸。论文发表以后，颇受学界关注。学界同仁的肯定和支持，也坚定了我们进一步探索的信心。此后，我们先后主持承担了湖北省社会科学研究重点项目《中国诗歌史的计量分析》、教育部"211 工程"项目《唐诗经典与经典化研究》、国家社会科学基金后期资助项目《唐宋词的定量分析》等。2008 年以来，我和我的学生又合作发表了《寻找经典：唐诗百首名篇的定量分析》、《宋词经典名篇的定量考察》、《影响的追寻：宋词名篇的定量分析》、《定量分析在唐宋词史研究中的运用》等学术论文。刘尊明和我合著的《唐宋词的定量分析》一书，也即将正式出版。

对我们作经典研究来说，统计分析做出的排行榜，只是一个过程、一种手段，而不是目的。统计分析得出的排行榜，只告诉我们哪些作品在历史上影响力比较大。我们要做的，是进一步分析为什么这些作品影响力比较大？它们的影响力是什么时候产生的？它们的影响力在历史上有着怎样的变化？为什么会发生这样的变化？这些问题，我们在《唐诗排行榜》和本书中，有的作了简要的分析，有的则没有展开。毕竟这是大众普及型的读物，学术性的思考不可能在这样的书中得到充分的体现。

在我们的研究过程中，排行榜给出的名次，其实并不很重要。我们看重的是名次背后特别是后台数据所蕴含的作品在历代流传接受的变化过程。我们最感兴趣也最有收获的，是统计数据给我们提供了许多鲜为人知的有关作品流传过程和影响力变化的有效信息。《唐诗排行榜》和本书列出的综合名次，只是多种结果中的一种，因为是普及性的书，我们不可能把多种结果都展示出来。而且，我们实际做的唐诗宋词排行榜有三百首，考虑到出书成本等因素，目前只拿出一百首的榜单。

人们通常以为，今天大众熟悉的作品，古代也一定流传很广；当下人们喜爱的作品，历史上也一样被人推崇。其实不然。今天有影响力的作品，在历史上不一定有影响力；历史上曾经被多数人看好的作品，今人未必关注。今天有影响力的作品，在历史上不一定有影响力；历史上曾经被多数人看好的作品，今人未必关注。大众不熟悉的作品，并不等于专家不认同。专家喜爱的作品，也不代表大众都能接受。文学作品的影响力、文学经典的影响指数，通常是变动不居的。传统的定性分析方法，不太容易发现文学作品影响力的变化。而定量分析方法，根据大量的历史数据统计分析，就可以发现一部作品影响力的变化曲线。我们作唐诗宋词的影响力统计分析，目的就在于寻找唐诗宋词的影响力有着怎样的变化、为什么会有这种变化、变化的因素是什么。

我们做的唐诗宋词排行榜，反映的是唐诗宋词在唐宋以来一千多年历史上的综合影响力，而不仅仅是某一个时代、某一个时段的影响力，更不仅仅是在当下的影响力。虽然当下的数据占了相当的比重，但它反映的毕竟是"历史"的选择，而不是当下几十年的审美选择。所以，当下读者非常熟悉的作品，在排行榜中不一定靠前，因为这些作品在历史上未必像今天这样人们耳熟能详。

作经典研究，自然要关注经典的传播。文学经典，不能只是供学者研究的古董，不能只是象牙塔里的展示品，应该让它广泛传播成为大众的精神食粮，让经典与时尚结合。学者的本职是做好学问，拿出高精深的研究成果，但也有责任将学术研究成果向社会大众普及推行，正如科学家有责任将自己的发明创造转化为物质产品一样。作为文学传播的研究者，我理所当然要考虑古代文学经典在当下传播的策略和方法。用什么样的言说方式、借用什么样的媒介、用什么有效的方法来普及唐诗宋词经典，才能让当下的读者大众能够欣然接受，让全社会来关注经典、阅读经典，是我长期思考的问题。排行榜，是我们传播经典的一种策略，一种试验性的方法。不管怎么说，在当下这种人们被物质欲望绑架的时代，能读一点经典、关注一下经典，获取一点精神滋养和慰藉，总是好事。我不是"恶搞"经典，连"戏说"都不是。我是严肃认真地用科学的方法并采取当下大众可能接受的方式来传播经典、推广经典。

二

本书数据采样的依据，我们在《唐诗排行榜》的前言中已作交代，有兴趣的读者可以参看。

宋词排行榜的数据来源，主要有下列五个方面：

一是选取宋元明清以来有代表性的词选107种，其中宋代选本4种、明代22种、清代21种、20世纪以来的各种词选和作为高校教材的文学作品选60种，用以统计每首词作在不同时代的入选次数，计算各首词作的入选率。

二是互联网的权威搜索引擎谷歌和百度所链接的关于宋词的网页数目。检索的方法是，在一个特定的时间内，以词人姓名、词调名和首句作为关键词来检索链接的网页数。

三是根据吴熊和先生主编的《唐宋词汇评·两宋卷》（浙江教育出版社2004年版）来统计历代有关宋词的评点资料。每条评点资料，按1次统计。

四是20世纪有关宋代词作赏析和研究的单篇论文。论文的篇目来源于我们自行研制的《20世纪词学研究论著目录数据库》，数据库以台湾黄文吉《词学研究书目》和林玫仪《词学论著总目》为基础，加以补充编成。

五是依据《全宋词》、《全金元词》、《全明词》、《全明词补编》和《全清词·顺康卷》来统计历代词人追和宋人词作的篇数。

选本、互联网页、评点、研究论文和唱和五个指标的权重，分别设定为
50%、10%、20%、15% 和 5%。词选在五类数据中所占的权重最大，而不同
时代的词选，影响力又不一样。为了较客观反映不同时代词选影响力的差异，
又给不同时代的词选确定了不同的"二级"权重，宋代词选、元明词选、清代
词选和现当代词选分别设定为 29%、26%、25% 和 20%。

上述各指标的权重，可用下表表示：

表 1　宋词名篇影响力评价体系表

测评指标（R）	权重（f）%	子项	时代权重 %
词选 x	50	宋代入选数 x_1	29
		元明入选数 x_2	26
		清代入选数 x_3	25
		现当代入选数 x_4	20
点评 p	20	被点评数	/
20 世纪研究 y	15	20 世纪被研究次数	/
唱和 h	5	被唱和数	/
互联网链接 l	10	谷歌链接相应网页数 l_1	50
		百度链接相应网页数 l_2	50

宋词排行榜的计算方法，跟唐诗排行榜略有不同。唐诗排行榜用的是极
值法，宋词排行榜用的是百分比法。之所以用不同的计算方法，目的是便于比
较，看哪一种方法更科学、更合理。

宋词传世的作品数量巨大，但能成为名篇的仅仅只是少部分被广泛传播
接受的作品。因此，我们首先将 107 种词选入选的全部词作篇目录入数据库并
进行统计，然后对每首词作的总入选次数进行计数排名，将排名前 500 首的词
作为抽样数据。

在 500 首范围内，先对每首词的不同时代的入选率、唱和率、点评率、
研究率、链接率进行考察，再将它们分别乘以一定的权重，然后相加，得出每
首词的综合排名指数。最后选取排名居前的 100 首词，作为宋词名篇排名的有

效数据。

五项指标的计算方法分别是：

各代选本入选指标 N：将单篇入选次数除以前五百首某个时代的总入选数（某单篇的概率），再乘以各自的时代权重，用数学公式表示为：

$$N_j = \frac{x_{1j}}{\sum\limits_{i=1}^{500} x_{1i}} \cdot 29\% + \frac{x_{2j}}{\sum\limits_{i=1}^{500} x_{2i}} \cdot 26\% + \frac{x_{3j}}{\sum\limits_{i=1}^{500} x_{3i}} \cdot 25\% + \frac{x_{4j}}{\sum\limits_{i=1}^{500} x_{4i}} \cdot 20\%$$

其中：

N_j 为第 j 单篇的各代选本入选指标；

x_{1j}、x_{2j}、x_{3j}、x_{4j} 分别为第 j 单篇入选宋代、元明、清代、20 世纪词选的篇数；

$\sum\limits_{i=1}^{500} x_{1i}$、$\sum\limits_{i=1}^{500} x_{2i}$、$\sum\limits_{i=1}^{500} x_{3i}$、$\sum\limits_{i=1}^{500} x_{4i}$ 分别为所有前 500 首的宋代、元明、清代、20 世纪词选总入选数。

唱和指标 H：某词被唱和的次数除以前 500 名被唱和的总数，数学公式为：

$$H_j = \frac{h_i}{\sum\limits_{i=1}^{500} h_i}$$

点评指标 P：某词被点评数除以前 500 名点评总数，数学公式为：$P_j = \dfrac{p_i}{\sum\limits_{i=1}^{500} p_i}$

20 世纪研究指标 Y：单篇词作被研究次数除以前 500 名总研究次数，数学公式为：$Y_j = \dfrac{y_i}{\sum\limits_{i=1}^{500} y_i}$

互联网链接指标 L：某词被百度、谷歌所链接的文章数分别除以前 500 名被百度、谷歌所链接的总数，两项之和再乘以 50%，数学公式为：

$$L_j = \frac{l_{1i}}{\sum\limits_{i=1}^{500} l_{1i}} \cdot 50\% + \frac{l_{1i}}{\sum\limits_{i=1}^{500} l_{1i}} \cdot 50\% ：$$

综合排名指数的计算方法是：

$$R_j = (X_j \cdot 50\% + P_j \cdot 20\% + Y_j \cdot 15\% + L_j \cdot 10\% + H_j \cdot 5\%) \cdot 1000$$

其中，R 表示一首词经典性的综合指数，各子项中所除以的总数 ∑ 分别为前 500 名的总量。因为分子和分母的数值相差过大，故每项指标的计算结果均乘以 1000 以方便察看。

三

最终的统计结果，见表 2。由于唐诗排行榜和宋词排行榜的计算方法不同，故综合排行指标的数值大小也不同。

表 2　宋词百首名篇综合指标排序表

总排名	词人	词调	首句	选本	评点	唱和	论文	互联网	总指标
1	苏　轼	念奴娇	大江东去	87	24	133	186	114300	28.33
2	岳　飞	满江红	怒发冲冠	35	14	23	125	323700	18.27
3	李清照	声声慢	寻寻觅觅	64	41	23	52	118300	11.63
4	苏　轼	水调歌头	明月几时有	86	22	25	40	238400	11.41
5	柳　永	雨霖铃	寒蝉凄切	86	16	7	51	183100	10.82
6	辛弃疾	永遇乐	千古江山	58	23	9	67	105600	10.47
7	姜　夔	扬州慢	淮左名都	67	15	4	54	33800	9.11
8	陆　游	钗头凤	红酥手	46	15	2	40	179800	8.41
9	辛弃疾	摸鱼儿	更能消	80	22	11	21	96700	7.65
10	姜　夔	暗香	旧时月色	50	42	11	17	30400	7.60
11	苏　轼	水龙吟	似花还似非花	64	23	28	23	28930	7.17
12	姜　夔	疏影	苔枝缀玉	46	29	13	17	31380	6.73
13	辛弃疾	水龙吟	楚天千里清秋	56	11	4	40	38400	6.68
14	李清照	如梦令	昨夜雨疏	58	21	4	26	61500	6.64

续表

总排名	词人	词调	首句	选本	评点	唱和	论文	互联网	总指标
15	史达祖	双双燕	过春社了	81	34	7	4	60100	6.62
16	李清照	醉花阴	薄雾浓云	72	21	14	20	22506	6.43
17	贺铸	青玉案	凌波不过	76	18	33	7	28730	6.27
18	辛弃疾	菩萨蛮	郁孤台下	54	17	1	33	26770	6.17
19	周邦彦	兰陵王	柳阴直	63	22	14	17	21590	6.12
20	秦观	踏莎行	雾失楼台	69	20	5	21	34900	5.87
21	范仲淹	渔家傲	塞下秋来	72	10	2	28	43900	5.81
22	张先	天仙子	水调数声	65	19	4	9	105800	5.33
23	辛弃疾	祝英台近	宝钗分	63	22	10	2	52670	5.17
24	苏轼	卜算子	缺月挂疏桐	57	15	15	9	72100	5.13
25	史达祖	绮罗香	做冷欺花	59	28	5	0	59550	5.11
26	秦观	鹊桥仙	纤云弄巧	68	5	4	11	166800	5.10
27	欧阳修	蝶恋花	庭院深深	58	24	3	5	64850	5.05
28	周邦彦	六丑	正单衣试酒	64	29	6	7	9500	5.04
29	秦观	满庭芳	山抹微云	66	23	1	8	89354	5.03
30	李清照	一剪梅	红藕香残	51	18	7	5	97200	5.02
31	李清照	凤凰台上忆吹箫	香冷金猊	55	20	18	4	26400	4.97
32	范仲淹	苏幕遮	碧云天	64	11	7	10	55500	4.97
33	王安石	桂枝香	登临送目	78	7	11	11	40800	4.85
34	周邦彦	瑞龙吟	章台路	46	22	10	4	14610	4.69
35	周邦彦	满庭芳	风老莺雏	55	24	5	6	10050	4.62
36	欧阳修	踏莎行	候馆梅残	67	16	0	10	33100	4.56
37	柳永	八声甘州	对潇潇暮雨	57	13	4	15	28200	4.55
38	苏轼	江城子	十年生死	40	2	1	16	159110	4.41

总排名	词人	词调	首句	选本	评点	唱和	论文	互联网	总指标
39	辛弃疾	青玉案	东风夜放	38	10	1	16	81800	4.38
40	姜夔	齐天乐	庾郎先自	35	27	1	3	25560	4.37
41	辛弃疾	破阵子	醉里挑灯	42	5	0	28	42400	4.37
42	秦观	千秋岁	水边沙外	36	16	22	4	91355	4.28
43	晏殊	浣溪沙	一曲新词	71	9	0	14	46500	4.13
44	陆游	卜算子	驿外断桥边	46	5	1	16	97600	4.12
45	李清照	如梦令	常记溪亭	18	0	1	23	50800	4.01
46	李清照	念奴娇	萧条庭院	42	22	3	4	24640	3.98
47	张孝祥	念奴娇	洞庭青草	46	11	1	12	27260	3.92
48	陈与义	临江仙	忆昔午桥	54	17	1	3	13010	3.89
49	柳永	望海潮	东南形胜	62	5	4	14	31600	3.88
50	辛弃疾	贺新郎	绿树听鹈鴂	34	20	0	17	8340	3.88
51	周邦彦	花犯	粉墙低	43	17	8	1	10850	3.86
52	李清照	武陵春	风住尘香	54	15	6	8	47000	3.86
53	辛弃疾	西江月	明月别枝	34	2	1	26	45400	3.81
54	晏几道	鹧鸪天	彩袖殷勤	63	10	2	10	22590	3.78
55	苏轼	贺新郎	乳燕飞华屋	47	13	8	8	25630	3.78
56	苏轼	洞仙歌	冰肌玉骨	44	12	9	2	55200	3.73
57	苏轼	蝶恋花	花褪残红	44	9	5	8	71200	3.71
58	李清照	永遇乐	落日镕金	41	8	3	18	22519	3.68
59	辛弃疾	念奴娇	野塘花落	42	15	6	4	14670	3.61
60	苏轼	定风波	莫听穿林	25	2	0	16	131600	3.57
61	欧阳修	生查子	去年元夜时	31	5	0	12	114200	3.56
62	张先	青门引	乍暖还轻冷	48	9	1	1	133750	3.52

总排名	词人	词调	首句	选本	评点	唱和	论文	互联网	总指标
63	周邦彦	少年游	并刀如水	41	24	3	1	15830	3.45
64	张元幹	贺新郎	梦绕神州路	48	17	0	4	20520	3.43
65	刘过	唐多令	芦叶满汀洲	44	13	8	0	7510	3.39
66	晏几道	临江仙	梦后楼台	47	11	0	9	34700	3.39
67	宋祁	玉楼春	东城渐觉	47	9	3	10	12220	3.22
68	姜夔	念奴娇	闹红一舸	33	9	0	4	22820	3.07
69	周邦彦	西河	佳丽地	50	14	7	1	8330	3.07
70	姜夔	长亭怨慢	渐吹尽	32	13	9	2	16620	3.03
71	辛弃疾	清平乐	茅檐低小	30	0	0	19	29800	3.03
72	周邦彦	风流子	新绿小池塘	29	16	4	3	8690	2.99
73	周邦彦	大酺	对宿烟收	33	17	5	2	4700	2.98
74	章楶	水龙吟	燕忙莺懒	28	10	26	0	847	2.93
75	周邦彦	齐天乐	绿芜凋尽	17	15	5	1	6540	2.93
76	周邦彦	琐窗寒	暗柳啼鸦	40	14	5	1	10370	2.91
77	吴文英	风入松	听风听雨	39	11	0	6	15260	2.90
78	张炎	高阳台	接叶巢莺	39	21	0	2	6830	2.86
79	陈亮	水调歌头	不见南师久	31	5	0	10	129570	2.83
80	欧阳修	朝中措	平山阑槛	26	8	15	2	9870	2.78
81	辛弃疾	鹧鸪天	枕簟溪堂	31	11	16	0	19790	2.77
82	吴文英	唐多令	何处合成愁	26	12	0	2	5447	2.76
83	史达祖	东风第一枝	巧沁兰心	21	10	8	0	17150	2.75
84	欧阳修	采桑子	群芳过后	32	7	1	6	14680	2.75
85	蒋捷	一剪梅	一片春愁	25	4	0	18	11220	2.73
86	周邦彦	过秦楼	水浴清蟾	33	10	6	1	7430	2.70

续表

总排名	词人	词调	首句	选本	评点	唱和	论文	互联网	总指标
87	晁冲之	汉宫春	潇洒江梅	29	14	5	0	12500	2.69
88	周邦彦	蝶恋花	月皎惊乌	48	8	3	5	7220	2.69
89	秦　观	望海潮	梅英疏淡	52	8	3	4	30000	2.65
90	叶梦得	贺新郎	睡起啼莺语	35	15	4	0	32530	2.64
91	李清照	渔家傲	天接云涛	33	1	1	9	27890	2.62
92	周邦彦	解语花	风销焰蜡	40	12	3	2	8010	2.59
93	姜　夔	点绛唇	燕雁无心	36	8	0	4	14600	2.59
94	陈　亮	水龙吟	闹花深处	39	10	1	0	22860	2.57
95	晁补之	摸鱼儿	买陂塘	45	8	1	0	1462	2.55
96	周邦彦	解连环	怨怀无托	38	11	5	1	11680	2.52
97	张　炎	八声甘州	记玉关	31	11	1	2	89590	2.50
98	张　炎	解连环	楚江空晚	37	13	1	3	46160	2.49
99	苏　轼	江城子	老夫聊发	42	1	0	11	43200	2.49
100	张孝祥	六州歌头	长淮望断	48	9	1	2	11040	2.49

四

　　这份宋词排行榜，除了告诉我们哪些是名作、哪些名作的关注度高之外，还能提供哪些有意思的话题，可以引发我们进一步的思考呢？

　　如果要推举唐代两位最杰出的诗人，那一定是李白和杜甫，大约明清以来就成为共识。但如果要推举出宋词中的两位天王，意见可能不会一致。当下的读者，也许会推举苏轼和辛弃疾，但在清代，词人和词评家可能会推举周邦彦、姜夔或其他词人。常州词派的代表人物周济，就推举周邦彦、辛弃疾、王沂孙、吴文英为"领袖一代"的宋词四大家（《宋四家词选目录序论》）。也就是说，明清以来，宋代词人中哪二家可为一代之冠冕人物，还没有形成共识。排行榜也反映出这种宋代词人认同度的差异性和复杂性。

且看排行榜提供的一组数据。百首宋词名篇为 30 家词人所拥有，拥有名篇最多的 10 家词人依次是：

周邦彦：15 首；辛弃疾：12 首；苏轼：11 首；李清照：10 首；姜夔：7 首；秦观：5 首；欧阳修：5 首；柳永：3 首；史达祖：3 首；张炎：3 首。

拥有名篇数量最多的是周邦彦。但在排名靠前的十大名篇中，周邦彦却没有一首入围，他入围百首排行榜的 15 首词，名次都比较靠后，排位最前的《兰陵王》也只位居第十九。由他坐宋代词人的第一把交椅，恐怕还不会得到广泛的认同。

苏、辛的名作数量，虽少于周邦彦，但位居前十的名篇中，他俩各占 2 首，苏轼的《念奴娇·赤壁怀古》更夺得排行榜的第一名。所以，从综合影响指数来看，苏、辛的影响力并不低于周邦彦。由苏、辛来"领袖一代"，也许更合适。但苏、辛的名篇数量毕竟少于周邦彦，由他俩来冠冕一代，媲美李杜，周邦彦的"粉丝"们可能有些不服气，王国维就说过"词中老杜"非周邦彦不可的话。看来，宋词中的苏、辛，还没有取得像唐诗中李、杜那样至高无上的地位。

周邦彦的名篇数量最多，而不是苏、辛的名篇最多，让我们感到有些意外，也值得我们思考。在一般读者的心目中，苏、辛的名气要远远超过周邦彦。20 世纪 50 年代以来，学界多推崇苏、辛，周邦彦并没有受到特别的追捧。周邦彦的名篇数量能超越苏、辛而位居第一，反映了什么？反映了周邦彦词被认同的古今落差和变化。历史上，周邦彦词曾经是词人心目中的典范，是经典中的经典。宋末张炎就特别推许周邦彦，说他"负一代词名，所作之词，浑厚和雅"（《词源》卷下）。南宋人尹焕也说："求词于吾宋，前有清真，后有梦窗，此非予之言也，四海之公言也。"（《梦窗词序》）所谓"四海之公言"，也许言过其实，但不是一己之私言，应可肯定。到了清代，周济推举宋代四大词家，就以周邦彦为首。所以，周邦彦的名篇占有量为宋人第一也在情理之中。它真实地反映了宋词接受史上周邦彦曾经拥有过的辉煌。虽然在现代文学史家心目中，周邦彦已不能代表宋词，但在过去，他却是"负一代词名"的。名篇排行榜还原了历史的真实。

排行榜中的李清照，也格外值得我们注意。在现代词学史上，李清照是"名家"还是"大家"有过争议。她的名篇占有量列宋代词人的第四位，紧随周邦彦、辛弃疾和苏轼之后，从影响力来看，说她是"大家"，并不为过。

李清照流传下来的词作总共不过四十多首，但宋词百首名篇榜上，她的名篇却有 10 首，差不是每 4 首中就有 1 首顶级名篇，精品率约为 4∶1。辛弃疾传世之作有 629 首，苏轼存词 378 首，而他们的名篇分别为 12 首和 11 首，名篇的比率分别为 52∶1 和 34∶1。李清照这种"精品现象"，也蛮值得我们回味思索。

说到精品率，岳飞、范仲淹又高过李清照。岳飞存词 3 首，有 1 首是超级大名篇。范仲淹传世的词作总共 5 首，有 2 首是名篇。这跟唐代王之涣、张若虚有些接近。王之涣存诗共 6 首，十大名篇中他就独占 2 首；张若虚存诗仅 2 首，其中的《春江花月夜》也是名篇。

钱钟书先生曾在《宋诗选注·序》中说："在一切诗选里，老是小家占便宜，那些总共不过保存了几首的小家更占尽了便宜，因为他们只有这点点好东西，可以一股脑儿陈列在橱窗里，读者看了会无限神往，不知道他们的样品就是他们的全部家当。大作家就不然了。在一部总集性质的选本里，我们希望对大诗人能够选到'尝一滴水知大海味'的程度，只担心选择不当，弄得仿佛要求读者从一块砖上看出万里长城的形势！"钱先生说的是事实。可问题是，唐宋诗词史上，"小家"那么多，为何只有这几位小家"占尽了便宜"呢？他们的精品率为何就这么高呢？

唐代常常被分"四个时期"，四个时期中，盛唐诗歌最盛。宋代则往往被分为南北两宋。两宋词，何者为盛？清代大词人朱彝尊说："世人言词，必称北宋，然词至南宋始极其工，至宋季而始极其变。"（《词综》）那么，排行榜反映的两宋实力情形又如何呢？

　　如果把30位百首名篇的得主按南北两宋来分，正好南北宋各一半。拥有名篇的北宋词人是：柳永、范仲淹、张先、晏殊、欧阳修、宋祁、王安石、苏轼、晏几道、章楶、秦观、贺铸、周邦彦、晁补之、晁冲之；南宋词人是：李清照、张元幹、叶梦得、陈与义、岳飞、陆游、张孝祥、辛弃疾、姜夔、陈亮、刘过、史达祖、吴文英、蒋捷、张炎。由此看来，南北两宋词坛的实力是均衡的。

　　宋词，又常被分为婉约、豪放两派。如果按派别来分，排行榜上豪放、婉约两派的人气也是旗鼓相当。王安石、苏轼、贺铸、晁补之、张元幹、叶梦得、陈与义、岳飞、陆游、张孝祥、辛弃疾、陈亮、刘过、蒋捷等十四人基本上可划入豪放派，其他词人则可划入婉约派。看来，婉约词，受人欢迎；豪放词，也同样招人喜爱。历史上，曾经重婉约、轻豪放，说婉约是"本色"正宗，豪放词是"别调"旁流。20世纪以来，又一度重豪放、轻婉约，认为豪放词思想境界高，婉约词价值意义小。我们说，历史是公正的，它平衡了主流意识形态和主流话语在选择上的差异与变化。

　　这份排行榜，也是我们团队精诚合作的成果。既有分工，更有协作。排行榜的数据，经过多年的增订补充，最终由郁玉英校定完成。排行指标，也是她排定。上面提到的统计方法和统计结果，同样凝聚了她在博士论文中探索的成果。指标解析，则由她和郭红欣共同执笔。作品的注释和时贤的研究成果，特别是上海辞书出版社的《唐宋词鉴赏辞典》、江苏古籍出版社的《唐宋词鉴赏辞典》等，对我们启发尤多，谨此致谢！

　　我们是史上第一次用排行榜这种方式来解读、普及唐诗宋词，给读者提供一个趣味性的参考"答案"，让读者了解哪些唐诗宋词在历史上比较受人欢迎，哪些作品在历史上人气比较旺盛。我们不是要替代读者的审美，读者照样可以对着排行榜来审美欣赏，也可以自己排出各自心目中的排行榜！我们做的排行榜，不是要颠覆你心中的经典，替代你心中的经典，只是给你提供一个参照：历史上公认的经典名篇是哪些。

　　我们深知，刚刚开拓出的新路，总会有坑凹不平，但有条新路可走比总是走老路要好！有一个参考性的答案、有一种新的了解唐诗宋词的方式，总比没有要好！用统计分析的方法来评估衡量唐诗宋词的影响力，只是一种尝试、一种实验。成败得失，还需要历史的检验、公众的认可。如果能由此引发读者去探索更多更好的评估衡量唐诗宋词的新方法，那我们就更喜出望外了！

王兆鹏

于武汉大学

2011 年 10 月 10 日

目 录

排　名	词名	作　者	页码
第 84 名	采桑子（群芳过后）	欧阳修	239
第 85 名	一剪梅（一片春愁）	蒋　捷	242
第 86 名	过秦楼（水浴清蟾）	周邦彦	245
第 87 名	汉宫春（潇洒江梅）	晁冲之	247
第 88 名	蝶恋花（月皎惊乌）	周邦彦	250
第 89 名	望海潮（梅英疏淡）	秦　观	253
第 90 名	贺新郎（睡起啼莺语）	叶梦得	256
第 91 名	渔家傲（天接云涛）	李清照	259
第 92 名	解语花（风销焰蜡）	周邦彦	261
第 93 名	点绛唇（燕雁无心）	姜　夔	263
第 94 名	水龙吟（闹花深处）	陈　亮	266
第 95 名	摸鱼儿（买陂塘）	晁补之	268
第 96 名	解连环（怨怀无托）	周邦彦	271
第 97 名	八声甘州（记玉关）	张　炎	274
第 98 名	解连环（楚江空晚）	张　炎	277
第 99 名	江城子（老夫聊发）	苏　轼	279
第 100 名	六州歌头（长淮望断）	张孝祥	282

第1名

苏轼

念奴娇

*赤壁怀古*①

【排行指标】

历代选本入选次数：87		在100篇中排名：1	
历代评点次数：24		在100篇中排名：8	
唱和次数：133		在100篇中排名：1	
当代研究文章篇数：186		在100篇中排名：1	
互联网链接文章篇数：114300		在100篇中排名：11	

综合分值：28.33　　　　　　**总排名：1**

大江东去，浪淘尽、千古风流人物。故垒西边，人道是、三国周郎赤壁②。乱石穿空，惊涛拍岸，卷起千堆雪。江山如画，一时多少豪杰。

遥想公瑾当年，小乔初嫁了③，雄姿英发。羽扇纶巾④，谈笑间、

【注释】

①赤壁：此指黄州的赤壁矶，在长江北岸。②"人道"句：一般认为今湖北赤壁市的赤壁才是赤壁之战古战场。苏轼是因地名相同，故用"人道是"的虚拟语气将黄州赤壁与古战场赤壁相关联。周郎，周瑜，字公瑾，赤壁之战时东吴主帅，时三十四岁。③"小乔"句：小乔嫁周瑜实在赤壁之战前九年。④羽扇纶（guān）巾：古代儒将装束。纶巾，古代一种

樯橹灰飞烟灭。故国神游，多情应笑我，早生华发。人生如梦，一尊还酹江月⑤。

配有青丝带的头巾。⑤尊：同"樽"。酹（lèi）：把酒洒在地上或水中，表示祭奠。

排行解析

　　千古宋词，千古苏轼，千古"大江东去"赤壁词！若要在两万余首宋词中寻出一首可以领衔的作品，除去这首《念奴娇·赤壁怀古》，不知还有哪一首可以担当！

　　其实，早在这首词诞生之初，它就颇为引人注目了。据说当年苏轼曾

故国神游，多情应笑我，早生华发。

问一位善歌的幕下士："我词比柳词何如？"这位幕下士随即应声答曰："柳郎中词，只合十七八女孩儿，执红牙拍板，歌'杨柳岸晓风残月'。学士词，须关西大汉，执铁板，唱'大江东去'。"的确，细品此词，情韵丰厚，横放杰出，笔调豪逸，完全不同于当时以柳永为代表的词坛流风，而有着高度的艺术创造性。即如金代大词人元好问所极口称赞的："词才百余字，而江山人物无复余蕴，宜其为乐府绝唱。"

看排行榜数据，也充分证明了这首赤壁词确实是宋词中的第一经典名篇。

首先，千百年来，这首词得到了无数词评家的肯定。宋金时期，此词最受关注。《唐宋词汇评》所录此期的评点共 15 次，这在宋金人评点的所有宋词作品中是最高的。元好问之外，当时著名的词评家如王灼、胡仔、胡寅等，都充分肯定了这首词的独创性，极力赞扬其对词体抒情功能的拓展。如胡仔就说："赤壁词……绝去笔墨畦径间，直造古人不到处，真可使人一唱而三叹。"明清以降，由于明人论词以婉约为正宗，清代浙西、常州二派又分别推尊姜夔、张炎和周邦彦、吴文英等人词，对这首词的评点次数不如宋金，但所评基本上仍是肯定性的。虽然这首词的评点率并没有在评点榜上名列第一，但历代词评家的赞赏对其声名鹊起、广为流播并能在宋词排行榜高居首位，同样起了重要作用。

20 世纪以来，人们对宋词的接受打破了婉约与豪放的藩篱，除继续对此词进行肯定性的评点外，研究性的文章更是如雨后春笋般破土而出。而且令人吃惊的是，这首词的研究文章共有 186 篇次，不仅名列宋词百首名篇之首，而且高出百首名篇研究文章平均数的 34 倍！这是这首词总指标能名列第一的重要因素。

引人注意的还有，从宋至清，这首词在唱和榜上始终独占鳌头。宋金、元明和清代，其被追和的次数分别为 23 次、64 次和 46 次、133 次的总唱和数竟高出唱和榜第二名贺铸的《青玉案》(凌波不过横塘路) 整整 100 次，充分展示了其在创作型读者中的巨大影响。

最后，此词对大众读者影响最大的词选入选指标也是一路上扬。宋金四大选本中，这首词仅入选《花庵词选》1 次，其原因，可由时人的某些评价见出。如李清照就说苏词是"句读不葺之诗"，吴曾也说苏词是"曲子缚不住者"。也就是说，除去当时人们更重婉约的欣赏心理外，苏轼词的不甚协律或许就是它在此一时期不被大众传播看好的一个根本性原因。而元明以来，词乐失传，词的艺术性和抒情性成为选词的风向标，这首《念奴娇》词的入选数值遂得以渐次走高。这一时段，这首词分别入选元明二代 22 种选本中的 18 种、清代 21 种选本中的 14 种、现当代 60 种选本中的 54 种，并最终以 87 次的入选数列入选榜第一位，成为这首词得以荣登总榜榜首的决定性因素 (选本项权重在总排行指标中占 50%)。

再看当代互联网上的链接文章，也达到了蔚为壮观的 11 万篇次之多，同样不容忽视。

千百年来，三大读者群对这首《念奴娇·赤壁怀古》词可谓赏爱有加。五项排行指标中，三项都名列第一，其成为宋词的领衔作品，确实是众心所向、实至名归。

第2名

岳飞
满江红

【排行指标】

历代选本入选次数：35	在100篇中排名：75
历代评点次数：14	在100篇中排名：46
唱和次数：23	在100篇中排名：6
当代研究文章篇数：125	在100篇中排名：2
互联网链接文章篇数：323700	在100篇中排名：1
综合分值：18.27	总排名：2

怒发冲冠，凭栏处、潇潇雨歇。抬望眼、仰天长啸，壮怀激烈。三十功名尘与土，八千里路云和月。莫等闲、白了少年头，空悲切。

靖康耻①，犹未雪。臣子恨，何时灭。驾长车踏破②，贺兰山缺③。壮志饥餐胡虏肉，笑谈渴饮匈奴血。

【注释】

①靖康耻：指靖康元年（1126）金人攻陷汴京，次年掳徽、钦二帝北去事。靖康，宋钦宗年号。②长车：古时战车。③贺兰山：在宁夏西北与内蒙古交界处，此处代指金人所在地。缺：山口。

待从头、收拾旧山河，朝天阙^④。

④朝天阙：朝见皇帝。天阙，
天子所居的宫殿，亦指朝廷或
京都。

排行解析

三十功名尘与土，八千里路云和月。

经典名篇的生成轨迹并
不同一。有些宋词经典就不
像苏轼的《念奴娇·赤壁怀古》
那样，一问世便大受欢迎并
绵延不断地对后世产生巨大
影响。有的经典名篇或许在
相当长时间内会沉埋于历史
的尘埃中，直到它的内涵意
蕴与新的时代文化氛围、读
者接受心理相契合，才会惊
天而出，放出异彩。岳飞的《满
江红》词就是这样。

由于种种历史原因，这
首高呼抗战和对外族侵略充
满了切齿仇恨的词作在明代
以前备受抑制，并不为人所
知，影响力几乎为零。直至

明代中叶，北方的鞑靼等少数民族大肆侵扰东北、西北边境，抗战主题再次凸显出来，这首鼓舞人心的英雄词才被挖掘而出，彰显出其应有的生命力。明人沈际飞就评赞此词"胆量、意见、文章，悉无今古"。不过，在明清两代，它的影响力还远没有达到最大。看排行指标，唱和共 23 次，在百首宋词中列第六位，已是不错的成绩；但其评点数仅 14 次，入选选本也只有 5 种，故此一时期，其总体位次还相当落后。

而到了现当代，先是国家和民族遭受空前危难，使得此词成为激励亿万华夏儿女共御外侮、保家卫国的嘹亮战歌；后是新中国成立，时代强烈呼唤爱国主义、英雄主义，又使其成为鼓舞人们建设美好社会的时代强音，其生命力和影响力才真正发挥了出来。表现在排行指标上，一是选本入选率大幅提升，有 30 种选本录入此词。二是在研究项上，其以 125 篇的总数列第二位，比第三名辛弃疾的《永遇乐》（千古江山）高出了 58 篇次之多。三是在大众传媒网络上人气最旺，链接数达 32 万余次，列单榜第一位，高出第二名苏轼的《水调歌头》（明月几时有）近 10 万篇次。毫无疑问，这三项、尤其是后二项指标的陡然挺出，最终使这首词的经典指数大大提升，并跃居宋词排行榜的第二位。

从开始的湮没无闻，到后来的异军突起，这首《满江红》的经典之路是曲折的，又是合理的。

李清照
声声慢

【排行指标】

历代选本入选次数：64		在100篇中排名：17	
历代评点次数：41		在100篇中排名：2	
唱和次数：23		在100篇中排名：6	
当代研究文章篇数：52		在100篇中排名：5	
互联网链接文章篇数：118300		在100篇中排名：10	
综合分值：11.63		总排名：3	

寻寻觅觅，冷冷清清，凄凄惨惨
戚戚。乍暖还寒时候①，最难将息②。
三杯两盏淡酒，怎敌他、晓来风急。
雁过也，正伤心，却是旧时相识。

满地黄花堆积。憔悴损，如今
有谁堪摘。守着窗儿，独自怎生得黑。
梧桐更兼细雨，到黄昏、点点滴滴。

【注释】

①乍暖还寒：本指冬末春初气
候忽冷忽热、冷热不定，此泛
指深秋天气变换无常。②将息：
保养，调养。

这次第③，怎一个、愁字了得。　　③次第：情形，景况。

排行解析

艺术上的独创性，是作品成为经典名篇的重要因素。李清照的这首《声声慢》之所以能成为经典名篇，并位居宋词排行榜的第三位，最主要的原因就在于其高度的艺术独创性。特别是开篇的叠字连用，可谓脍炙人口，千百年来征服了无数读者。宋人罗大经就说："起头连叠七字，以一妇人，乃能创意出奇如此！"钦佩之意溢于言表。后来词评家对此也赞誉有加，有称其"超然笔墨蹊径之外"的，有称其"出奇制胜，匪夷所思"的。细阅历代点评，鲜有不言及其叠字妙用者。

评点榜上，此词以41次评点列第二位，高出百首名篇平均评点数近两倍。由于评点权重（占20%）的经典效应仅次于选本项（占

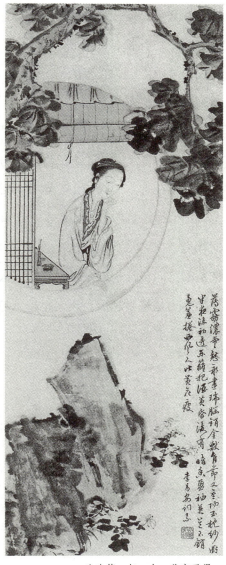

这次第，怎一个、愁字了得。

50%），因而成为助推此词登上宋词排行榜第三位的决定性因素。

　　20世纪的研究型读者对此词也赏爱有加，共有52篇文章讨论其艺术魅力和抒情深度，列单榜第五位。这首词的艺术魅力还激发了不少创作型读者的效仿热情，共有23人次追和，列单榜第六位。与多数长调慢词在当代读者中影响力式微的情况不同，这首词在互联网上的链接数也相当可观，有近12万篇次，列单榜第十位。这三项排名虽没有一项与总体排名持平，但也都位居前十，且权重又小（分别占15%、5%、10%），故没有形成对这首词总体位次太大的下拉力。

　　倒是在选本入选项上，这首词排在了较为靠后的第十七名，不很如人意。但值得注意的是，其选本入选频次却是代代提升的：宋代无一次入选；明代有4次，清代有9次；到了现当代，则以51次名列百首宋词同期入选榜的第四位。也就是说，在普通大众读者群中，随着时间的推移，这首词的魅力是越来越大，声名也越来越响了。对于近千年前的作者，还有什么能比这更感到欣慰呢？

第4名

苏轼

水调歌头

【排行指标】

历代选本入选次数：86　　　　　在100篇中排名：2

历代评点次数：22　　　　　　　在100篇中排名：15

唱和次数：25　　　　　　　　　在100篇中排名：5

当代研究文章篇数：40　　　　　在100篇中排名：7

互联网链接文章篇数：238400　　在100篇中排名：2

综合分值：11.41　　　　　　　　总排名：4

丙辰中秋^①，欢饮达旦，大醉，作此篇，兼怀子由^②。

明月几时有，把酒问青天^③。不知天上宫阙，今夕是何年。我欲乘风归去，又恐琼楼玉宇^④，高处不胜寒。起舞弄清影，何似在人间。

【注释】

①丙辰：宋神宗熙宁九年（1076），时苏轼在密州（今山东诸城）任知州。②子由：苏轼弟苏辙，字子由。时苏辙在齐州（今山东济南）任掌书记。③"明月"二句：化用李白《把酒问月》"青天有月来几时，我今停杯一问之"诗意。④琼楼玉宇：用玉石砌成的楼阁，这里指月宫。

转朱阁，低绮户⑤，照无眠。不应有恨，何事长向别时圆。人有悲欢离合，月有阴晴圆缺。此事古难全。但愿人长久，千里共婵娟⑥。

⑤绮户：雕花的门窗。绮，有花纹或图案的丝织品。⑥"千里"句：化用南朝宋谢庄《月赋》"美人迈兮音尘绝，隔千里兮共明月"句意。婵娟，月亮。

排行解析

这是一首著名的中秋词。其著名的程度，用宋人胡仔的话说，就是："中秋词自东坡《水调歌头》一出，余词尽废。"

如胡仔一样，历来的词评家都对此词赞誉有加，或称其"逸怀浩气，超然乎尘垢之外"，或说它"自是天仙化人之笔"；有激赏其"清空中有意趣，无笔力者未易到"，有钦佩其"挥洒自如，不假雕琢，而浩荡之气，超绝凡尘"。但就总体评点次数而言，其排名不太靠前，仅以22次列评点榜第十五位。

拉升其总体名次的，是下面几项指标：一是20世纪词学研究者对其关注较多，共有40篇研究文章，列单榜第七位。二是此词为历代词人最喜爱效仿的词作之一，从宋至清，先后有25首次韵唱和之作，居唱和榜第五位。三是古今共有86种选本选录此词，排在入选榜第二位。四是当今的互联网上，其以近24万次的网络链接数列第二位。

排行指标之外，还有两个传播方面的故事，是不能不提的。

一为古代，牵涉到一位皇帝。陈元靓《岁时广记》引《复雅歌词》说，元丰七年（1084），京都汴梁传唱此词，并传到宫中。神宗皇帝读到"又恐琼楼玉宇，高处不胜寒"两句时，不由得大为感动，说："苏轼终是爱君。"

并即刻颁诏，把苏轼由条件甚苦的黄州改贬到条件稍好些的汝州。金口一评，天下耸动。

一为当今，牵涉到两位"皇后"。在当代流行乐坛上，先后有两位歌坛皇后邓丽君和王菲成功演绎了这首中秋佳词，歌名为《但愿人长久》。两位"皇后"的倾情演唱，使得这首词获得了新的音乐生命，焕发出新的艺术魅力，并在一定程度上扩大了其在大众读者中的影响。

但愿人长久，千里共婵娟。

第5名

柳永

雨霖铃

【排行指标】

历代选本入选次数：86		在100篇中排名：2
历代评点次数：16		在100篇中排名：35
唱和次数：7		在100篇中排名：28
当代研究文章篇数：51		在100篇中排名：6
互联网链接文章篇数：183100		在100篇中排名：3
综合分值：10.82		总排名：5

寒蝉凄切。对长亭晚，骤雨初歇。都门帐饮无绪，留恋处、兰舟催发①。执手相看泪眼，竟无语凝噎。念去去、千里烟波②，暮霭沉沉楚天阔。

多情自古伤离别。更那堪、冷落清秋节③。今宵酒醒何处，杨柳岸、

【注释】

①兰舟：传说鲁班曾刻木兰树为舟，后遂以为船的美称。②去去：去了又去，形容路途遥远。③那同"哪"。

晓风残月。此去经年④，应是良辰、好景虚设。便纵有、千种风情，更与何人说。

④经年：经过一年或若干年。

排行解析

柳永是宋代流行乐坛当之无愧的天王级人物。所谓"凡有井水饮处，即能歌柳词"，没有谁的词能像柳词那样受到普通老百姓的普遍喜爱。但这只是问题的一个方面。另一方面，在文人士大夫那里，柳永和他的俗词却并不怎么受欢迎。而一首词要想成为经典中的经典、名篇中的名篇，就非要受到普通大众和文人雅士两大读者群体的普遍认同不可。柳永的《雨

宋朝船模型

霖铃》，就是这样的一首经典名篇。

　　千百年来，这首词始终在大众读者群中广为流传，具有强大的生命力。在古今两项大众传播接受的重要指标上，它都位列前三甲。第一项，在105个古今选本中，其以86次的高入选率，与苏轼的《水调歌头》（明月几时有）并列排在入选榜的第二位。正是选本所特有的巨大效应和影响力，奠定了这首词的经典地位。第二项，在互联网上，这首词也以18万余次

多情自古伤离别。更那堪、冷落清秋节。

的链接数列第三位，在当代继续保持着足够的影响力。

文人雅士也是这首《雨霖铃》榜位靠前的有力推手。此词用赋的笔法铺叙离别场景，用诗的笔法抒写离别深情，层层渲染，意境凄美。特别是千古名句"今宵酒醒何处，杨柳岸、晓风残月"，动人魂魄，韵味无尽。这是天生般的好句子，它能唤起深藏在人们心中对自然的那份灵犀，将我们带到烟水迷离、晓风拂柳、独对残月的旅途。正如俞陛云所说："客情之凄凉，风景之清幽，怀人之绵邈，皆在'杨柳岸'七字之中。"又如沈谦所言："读之皆若身历其境，惝恍迷离，不能自主，文之至也。"此词也正由此获得了文人雅士们的广泛喜爱。

看排行指标，历代文人评点共 16 次，唱和 7 次，分别列单榜的第三十五和二十八位。虽然这两项相对于总榜排名较为靠后，但其影响也不容忽视。在柳词中，再没有其他作品能够获得如此的肯定。20 世纪的词学研究领域，也有 51 篇专文发表，从不同角度对其进行了解析和阐释，列单榜第八位，表明它在现当代文人中影响的进一步扩大。

真正的经典就是这样，能够超越不同的群体界限，做到真正的雅俗共赏。

第6名

辛弃疾

永遇乐

京口北固亭怀古①

【排行指标】

历代选本入选次数：58	在100篇中排名：26
历代评点次数：23	在100篇中排名：12
唱和次数：9	在100篇中排名：21
当代研究文章篇数：67	在100篇中排名：3
互联网链接文章篇数：105600	在100篇中排名：14
综合分值：10.47	总排名：6

千古江山，英雄无觅，孙仲谋处②。舞榭歌台，风流总被，雨打风吹去。斜阳草树，寻常巷陌，人道寄奴曾住③。想当年、金戈铁马，气吞万里如虎④。

元嘉草草，封狼居胥，赢得仓皇北顾⑤。四十三年⑥，望中犹

【注释】

①京口：今江苏镇江。北固亭：又名北固楼，在镇江城北北固山上，下临长江。②孙仲谋：三国时吴国君主孙权，字仲谋，曾都于京口。③寄奴：南朝宋武帝刘裕小名。刘裕祖籍彭城，后迁居京口。④"想当年"二句：东晋时刘裕曾起兵京口讨伐桓玄叛乱，后攻灭南燕、后秦，收复洛阳、长安等地，420年代晋自立。⑤"元嘉草草"三句：指刘宋文帝刘义隆于元

记，烽火扬州路⑦。可堪回首，佛狸祠下⑧，一片神鸦社鼓⑨。凭谁问、廉颇老矣，尚能饭否⑩。

千古江山，英雄无觅，孙仲谋处。

嘉二十七年（450）命王玄谟带兵北伐北魏，结果大败事。元嘉，刘义隆年号。《宋书·王玄谟传》载，文帝曾与人言，听王玄谟论讨伐北魏方略，"使人有封狼居胥意"。封狼居胥，汉代霍去病曾追击匈奴，封狼居胥山（在今内蒙古境内）而还。⑥四十三年：此词作于宁宗开禧元年（1205），距词人绍兴三十二年（1162）南归已整整四十三年。⑦"烽火"句：绍兴三十一年（1161），金主完颜亮带兵南侵，曾占领扬州等地。扬州路，今江苏扬州一带。登上北固山，可隔江遥望江北的扬州城。⑧佛（bì）狸祠：后人在瓜步山（在今江苏南京六合区东南）为北魏太武帝拓跋焘建的祠堂。佛狸，拓跋焘小名。拓跋焘曾率兵追击王玄谟，驻军瓜步山。⑨神鸦：吃祠神祭品的乌鸦。社鼓：社日祭神的鼓乐声。社，旧时祭祀土地神的仪式。⑩"凭谁问"二句：典出《史记·廉颇蔺相如列传》：赵王想召回逃亡在楚国的老将廉颇，派人视其尚可用否。廉颇为之一饭斗米、肉十斤，被甲上马，以示可用。

排行解析

　　两宋词人中，辛弃疾最为多产，以六百二十余首词雄居榜首，而哪一首可以作为辛词的压卷之作呢？明代大才子杨慎就说，这首《永遇乐》是"稼轩词中第一"。我们不能不说，杨慎的确很有眼光。统计数据显示，这首词的经典指数确实是辛词中最高的。在宋词排行榜中，它也排在引人注目的第六位。

　　这首词之所以能荣居排行榜高位，现当代读者的贡献比古代读者大，批评研究型读者的贡献比大众型读者大。其中，功劳最大的当属20世纪的研究型读者，他们一起贡献了67篇研究文章，高列单榜的第三位，为这首词的高位排名立下了汗马功劳。至于历代选本入选项，虽然排名仅列第二十六位，但入选的58种选本中，现当代竟占了48种。很明显，在现当代的大众读者群中，这是一首意义深远的词。而在古代，此词仅入选明代选本3种、清代选本7种，均低于百首宋词同期平均入选率。

　　这是一首借古代风流人物的典故事迹来感怀古今、抒发慷慨激愤之情的英雄悲歌。毋庸讳言，用典过多在一定程度上影响了它传播的广泛性，以至于不论古今，它在大众读者中的吸引力都不及批评研究型读者。但这并不影响它可以成为人们千古传诵的经典名篇。

第7名

姜夔

扬州慢

【排行指标】

历代选本入选次数：67		在100篇中排名：13	
历代评点次数：15		在100篇中排名：39	
唱和次数：4		在100篇中排名：46	
当代研究文章篇数：54		在100篇中排名：4	
互联网链接文章篇数：33800		在100篇中排名：43	

综合分值：9.11   **总排名：7**

淳熙丙申至日①，予过维扬②。夜雪初霁，荠麦弥望③。入其城，则四顾萧条，寒水自碧。暮色渐起，戍角悲吟。予怀怆然，感慨今昔，因自度此曲，千岩老人以为有《黍离》之悲也④。

【注释】

①淳熙丙申：指宋孝宗淳熙三年 (1176)。至日：冬至日。②维扬：今江苏扬州别名。③荠麦：野生的荠菜和麦子。④千岩老人：南宋诗人萧德藻自号。《黍离》：《诗经·王风》篇名，为东周大夫悲故都残破而作。后以指故国败亡的伤悲。

淮左名都⑤，竹西佳处⑥，解鞍少驻初程。过春风十里⑦，尽荠麦青青。自胡马窥江去后⑧，废池乔木，犹厌言兵。渐黄昏，清角吹寒，都在空城。

杜郎俊赏⑨，算而今、重到须惊。纵豆蔻词工⑩，青楼梦好⑪，难赋深情。二十四桥仍在⑫，波心荡、冷月无声。念桥边红药⑬，年年知为谁生。

⑤淮左：即宋淮南东路，扬州是其首府。⑥竹西：竹西亭，在扬州城北门外。⑦春风十里：指扬州先前繁华的街道。语本杜牧诗"春风十里扬州路"句。⑧胡马窥江：高宗建炎三年（1129）与绍兴三十一年（1161），金兵曾两次南侵，扬州均受严重破坏。⑨杜郎：指唐代诗人杜牧。杜牧曾在扬州淮南节度府任职。⑩豆蔻词：杜牧诗中有"豆蔻梢头二月初"之句。豆蔻，常喻少女。⑪青楼梦好：杜牧诗中有"十年一觉扬州梦，赢得青楼薄幸名"之句。⑫二十四桥：杜牧诗有"二十四桥明月夜，玉人何处教吹箫"句。⑬红药：即芍药。宋王观《扬州芍药谱》："扬之芍药甲天下。"

排行解析

这是一首著名的怀古伤今词。唐圭璋评价说："其写维扬乱后景色。千岩老人以为有《黍离》之悲，信不虚也。至文笔之清刚，情韵之绵邈，亦令人讽诵不厌。"此词遣词炼句自然精工，化用杜牧诗句浑然无痕，"犹厌言兵"等哀时伤乱语更是达到了"他人累千万言，亦无此韵味"的艺术效果，不愧为宋词十大经典名篇之一。

但这首蕴含着深沉悲怆的故国情思且艺术成就很高的名作，却在元明时期沉寂了近三百年。清以前，其评点与唱和数均为0，只入选了3种宋代选本、2 种明代选本，影响力甚微。延至清代，由于浙西词派以婉约为正宗，标榜清空醇雅，大力称扬姜夔等人词，姜夔的这首《扬州慢》才真正焕发出光彩。这一时期，它不仅入选了 11 种选本，且有 7 次文人评点，分别列单榜的第五和第十一位。到了 20 世纪，其名次进一步提升，入选了 51 种现当代选本，列第四位；文人评点 8 次，列第六位；研究文章 54 篇，列第四位。正是在清代以来多项指标的全力推动下，这首词才最终攀升至宋词排行榜的第七位。

高位排名自然源自作品优异的内质。正如俞陛云所说："凡乱后感怀之作，词人所恒有，白石之精到处，凄异之音，沁入纸背，复能以浩气行之，由于天分高而蕴酿深也。"

二十四桥仍在，波心荡、冷月无声。

第8名

陆游
钗头凤

【排行指标】

历代选本入选次数：46	在100篇中排名：48
历代评点次数：15	在100篇中排名：39
唱和次数：2	在100篇中排名：63
当代研究文章篇数：40	在100篇中排名：7
互联网链接文章篇数：179800	在100篇中排名：4
综合分值：8.41	**总排名：8**

红酥手①。黄縢酒②。满城春色宫墙柳。东风恶。欢情薄。一怀愁绪，几年离索。错错错。

春如旧。人空瘦。泪痕红浥鲛绡透③。桃花落。闲池阁。山盟虽在，锦书难托④。莫莫莫。

【注释】

①酥：酥油，此指女子皮肤润泽细腻。②黄縢（téng）酒：即宋代名酒黄封酒，因用黄罗帕或黄纸封口而得名。縢，缄封。③浥：沾湿。鲛绡：张华《博物志》："南海水有鲛人，水居如鱼，不废织绩，其眼能泣珠。"此指细丝巾帕。绡，生丝或用生丝织成的薄绸。④锦书：前秦窦滔妻苏蕙织锦为回文旋图诗以赠滔。后世遂常以指称夫妇间的书信。

排行解析

一首《钗头凤》，一段不了情。

宋高宗绍兴十四年（1144），二十四岁的陆游与青梅竹马的唐琬成婚。婚后，两人情投意合，恩爱非常。但陆母却对这位知书达理的儿媳看不顺眼。迫于母亲的压力，陆游最终不得不与唐琬分手。之后，陆游另娶王氏女，唐琬再嫁同郡宗室赵士程。据说，别后的一个春天，二人偶遇于绍兴禹迹寺。陆游感怆不已，当即写下这首《钗头凤》词，并题于寺南之沈园壁。唐琬读到此词，也大为感伤，痛和了一首，不久即抑郁而逝。

这首《钗头凤》之所

春如旧。人空瘦。泪痕红浥鲛绡透。

以能在诸多伤情词中脱颖而出，名列宋词排行榜的第八位，其中一个重要原因，就是与这段凄美的爱情故事紧密相连。看此词的所有评点和研究文章，无一不提到陆游和唐琬的这段爱情故事；网络中关于此词的每一个链接，也几乎无一不提到陆游、唐琬二人的名字。千百年来，与其说是这首词打动了读者，毋宁说是其背后陆、唐二人的悲情故事打动了读者。

当然，在古代和现当代，这首词的影响力和所受关注的程度还是不同的。综观各项指标，20世纪前后的差异还是相当大。在完全以古代读者为主体的唱和榜上，这首词仅被唱和过2次，列第六十三位；评点榜上，也只被评点15次，列第三十九位；古今46种入选选本中，古代也只有12种。

而到了人们可以追求爱情自由和婚姻自主的现当代，这首词才真正得到了读者的广泛关注与喜爱。排行指标中，有34种选本选录此词，较古代大为增加；研究文章也有40篇，列单榜第七位；尤为引人注目的是，这首词的网络文章链接数竟达到了近18万篇次，列单项榜的第四位，仅次于岳飞的《满江红》（怒发冲冠）、苏轼的《水调歌头》（明月几时有）和柳永的《雨霖铃》（寒蝉凄切）三名篇。

由此我们可以说，这首词产生于古代，而它的真正知音者，却是在现当代。

第9名

辛弃疾

摸鱼儿

【排行指标】

历代选本入选次数：80	在100篇中排名：5
历代评点次数：22	在100篇中排名：15
唱和次数：11	在100篇中排名：16
当代研究文章篇数：21	在100篇中排名：17
互联网链接文章篇数：96700	在100篇中排名：17

综合分值：7.65　　　　　　　总排名：9

淳熙己亥，自湖北漕移湖南，同官王正之置酒小山亭，为赋①。

更能消、几番风雨。匆匆春又归去。惜春长怕花开早，何况落红无数。春且住。见说道、天涯芳草无归路。怨春不语。算只有殷勤，

【注释】

① "淳熙己亥"四句：宋孝宗淳熙六年（1179），辛弃疾由湖北转运副使调任湖南转运副使，原职由王正之接任。漕，漕司的简称，亦称转运司，掌税赋、钱粮、漕运等事务。同官，官职名位相同。小山亭，在鄂州（今湖北武汉武昌区）湖北漕司衙内。

画檐蛛网，尽日惹飞絮。

长门事，准拟佳期又误。蛾眉曾有人妒。千金纵买相如赋，脉脉此情谁诉②。君莫舞。君不见、玉环飞燕皆尘土③。闲愁最苦。休去倚危栏，斜阳正在，烟柳断肠处。

②"长门事"五句：汉武帝宠幸卫子夫，陈皇后颇妒，失宠居长门宫，遂用千金请司马相如作《长门赋》献武帝，冀图复幸，然未果。长门，汉代宫名。相如，汉代大辞赋家。③玉环：杨玉环，唐玄宗宠妃。飞燕：汉成帝宠妃赵飞燕。二人皆善舞，又善妒。

惜春长怕花开早，何况落红无数。

排行解析

此词巧妙地借鉴了屈原《离骚》的写作手法，以香草美人喻写自己的身世遭际，发抒英雄失路的怨愤之情，既情致缠绵，不失词体"要眇宜修"的本色之美，又慷慨激切，尽显忧念国事的志士情怀。"肝肠似火，色貌如花"，确是这首词的好评语。

亦刚亦柔的风格特色，使此词在评点家那里产生了持久的吸引力，历代可谓好评如潮。如清人陈廷焯就说，此词"词意极怨，然姿态飞动，极沉郁顿挫之致"，"于雄莽中饶有隽味……所以独绝古今，不容人学步"。近人梁启超也盛赞它"回肠荡气，至于此极。前无古人，后无来者"。排行榜上，此词一共获得了22次文人评点，排名第十五位，可谓影响不小。

选本入选榜上，这首词更是入选了古今80种选本，列单榜第五位。在辛弃疾现存的六百二十余首词作中，此词是选录次数最多的。而且，从宋至今，这首词始终保持着较高的入选率。宋代四大选本有3种选入，元明22种选本有20种选入，清代21种选本有12种选入，现当代60种选本有45种选入，都大大超过了各期百首宋词的平均入选率。选本的广泛传播，为此词在大众读者中赢得了极高的声誉。据说，清代龚自珍"偶检丛纸，得花瓣一包，纸背细书辛幼安'更能消几番风雨'一阕"。这是这首词能够名列宋词排行榜第九位的最主要的原因。

而在唱和榜上，历代文人共追和11次，也排到了第十六位。看来，虽然陈廷焯认为这首词写得太好，以至于"不容人学步"，但也正因为其好，故引来不少创作型读者的模拟效仿。

第10名

姜夔
暗 香

【排行指标】

历代选本入选次数：50		在100篇中排名：39	
历代评点次数：42		在100篇中排名：1	
唱和次数：11		在100篇中排名：16	
当代研究文章篇数：17		在100篇中排名：23	
互联网链接文章篇数：30400		在100篇中排名：40	
综合分值：7.60		总排名：10	

辛亥之冬①，予载雪诣石湖②。
止既月，授简索句，且征新声。作
此两曲，石湖把玩不已，使工妓隶
习之③，音节谐婉，乃名之曰《暗香》、
《疏影》④。

旧时月色。算几番照我，梅边

【注释】

①辛亥：宋光宗绍熙二年
(1191)。②石湖：指范成大。
范成大晚年隐居苏州西南石湖，
曾自号石湖居士。③工妓：乐
工和歌妓。隶习：练习，演习。
④《暗香》、《疏影》：姜夔两支
自度曲，曲名取自林逋《山园
小梅》诗："疏影横斜水清浅，
暗香浮动月黄昏。"

吹笛。唤起玉人，不管清寒与攀摘。
何逊而今渐老⑤，都忘却、春风词笔。
但怪得、竹外疏花，香冷入瑶席。

　　江国⑥，正寂寂。叹寄与路遥⑦，
夜雪初积。翠尊易泣⑧。红萼无言耿
相忆⑨。长记曾携手处，千树压、西
湖寒碧。又片片、吹尽也，几时见得。

⑤何逊：南朝梁诗人，酷爱梅花，有《咏早梅》等诗。⑥江国：指江南水乡。⑦寄与路遥：暗用南北朝陆凯寄赠范晔梅花并诗的故事。⑧尊：同"樽"。⑨耿：心中牵念，无法忘怀。

排行解析

　　千年前的一个除夕夜，一条小船行进在苏州垂虹桥畔的太湖中。片雪纷飞，箫声悠扬，一歌女轻启朱唇，和箫而歌曰："旧时月色，……"这是一个真实的故事，吹箫的是姜夔，和歌的是小红。姜夔还有诗纪其事曰："自琢新词韵最娇，小红低唱我吹箫。曲终过尽松陵路，回首烟波十里桥。"诗中所说的"新词"，就是这首《暗香》和它的姊妹篇《疏影》。

　　看词前小序，知此二词是词人应大诗人范成大邀约而作。词成之后，范成大十分欣赏，"把玩不已"。其实何止是范成大，二词问世以来，历代文人少有不服膺的。如姜夔的超级大粉丝张炎就说，此词"不惟清空，且又骚雅，读之使人神观飞越"，其"自立新意"，"前无古人，后无来者"。即使认为姜夔"情浅"、"才小"的清代常州词派代表人物周济，也非常认同这首词，说它"寄意题外，包蕴无穷"，可与他崇拜的偶像辛弃疾之词相较。

算几番照我，梅边吹笛。

但比较而言，《暗香》不仅题列《疏影》之前，艺术成就也更高些，第十位的排名也稍稍靠前。

文士尚雅，此词雅甚，两相契合，故大得历代文士的青睐。表现在排行指标上，此词以 42 次的评点数，赫然列在评点榜的首位。评点项的权重次于选本项，占总指标的 20%，故此项从根本上决定了此词的高位排名。另外，其历代被唱和 11 次，排第十六位；研究文章 17 篇，排第二十三位，也都是不错的成绩。

但其他指标，就不大如人意了。选本入选 50 次，排单榜第三十九位；网络链接 3 万篇次，排单榜第四十位，都比较靠后。可知，在普通大众读者那里，这首词的魅力还不够大。其中原因，在其用典过多而又主旨晦涩，不像柳永的《雨霖铃》（寒蝉凄切）那样，可以雅俗共赏。

第11名

苏轼

水龙吟

次韵章质夫杨花词①

【排行指标】

历代选本入选次数：64		在100篇中排名：17
历代评点次数：23		在100篇中排名：12
唱和次数：28		在100篇中排名：3
当代研究文章篇数：23		在100篇中排名：15
互联网链接文章篇数：28930		在100篇中排名：51
综合分值：7.17		总排名：11

似花还似非花，也无人惜从教坠。抛家傍路，思量却是，无情有思②。萦损柔肠，困酣娇眼，欲开还闭。梦随风万里，寻郎去处，又还被、莺呼起③。

不恨此花飞尽，恨西园、落红难缀。晓来雨过，遗踪何在，一池

【注释】

①次韵：旧时古体诗词写作的一种方式，要求按照原诗词的韵字和用韵次序来和作。章质夫：名楶(jié)，浦城（今属福建）人，词人好友。其《水龙吟》杨花词，一时传诵。杨花：柳絮。②无情有思(sì)：反用韩愈"杨花榆荚无才思，惟解漫天作雪飞"诗意。思，情思，心绪。③"梦随风万里"三句：化用唐金昌绪"打起黄莺儿，莫教枝上啼。啼时惊妾梦，不得到辽西"诗意。

萍碎④。春色三分，二分尘土，一分流水。细看来，不是杨花，点点是离人泪。

④萍碎：作者自注："杨花落水为浮萍，验之信然。"此种说法并不科学，但入词却妙。

排行解析

　　和词中，次韵最难，难在须用原韵原序趋步而和，一点也不能变通，

春色三分，二分尘土，一分流水。

要做好就更难。不过这也要看对谁，若是天才如苏轼者，难也就变成易了。如这首《水龙吟》，本是苏轼次韵章楶（质夫）杨花词的，可到头来却完全把原作的名声给夺去了。要说章质夫的原作也够好的了，但就是不能与苏轼和词相比，一比，就显得逊色了。王国维就说："东坡《水龙吟》咏杨花，和韵而似原唱；章质夫词，原唱而似和韵。"其实，早在宋代，晁冲之已经感叹道："东坡如毛嫱、西施，净洗却面，而与天下妇人斗好，质夫岂可比耶！"

当然，这主要是就次韵的难度而言。带上次韵的"枷锁"还能从容起舞，与一身轻衣的章楶同台竞技，而眉眼步态又绝胜之，确实不由人不叹服，甚至还要叹为观止。但即便撇开次韵的角度而纯以咏物词论之，苏轼的这首词也是精妍曼妙，不让古今。正如王国维所极口称赞的："咏物之词，自以东坡《水龙吟》为最工。"

当然不只是王国维、晁冲之，历代文人评点、赞赏这首词的亦不在少数。仅《唐宋词汇评》，就收录了 23 次评点，列单榜第十二位。历代词选家对此词也青睐有加，古今共有 64 种选本选录，列单榜第十七位。在创作领域，文人墨客更是把这首词当作竞相效仿的对象，唱和之作达 28 首，高列单榜的第三位。到了 20 世纪，词学研究者对这首词也投入了很大的热情，共有 23 篇专文刊出，列单榜第十五位。

综合各项指标，这首词最终排在宋词排行榜的第十一位。而看章楶原词，则排在了较为靠后的第七十四位。若是章楶看到这样的排名，想也会心服口服的。况且，是他催生了苏轼的这首曼妙和词，说不定还会感到蛮骄傲的呢！

第12名

姜夔
疏　影

【排行指标】

历代选本入选次数：46	在100篇中排名：48
历代评点次数：29	在100篇中排名：4
唱和次数：13	在100篇中排名：15
当代研究文章篇数：17	在100篇中排名：23
互联网链接文章篇数：31380	在100篇中排名：47

综合分值：6.73　　　　　　　　总排名：12

苔枝缀玉。有翠禽小小，枝上同宿①。客里相逢，篱角黄昏，无言自倚修竹②。昭君不惯胡沙远，但暗忆、江南江北。想佩环、月夜归来，化作此花幽独③。

犹记深宫旧事，那人正睡里，飞近蛾绿④。莫似春风，不管盈盈，

【注释】

①"有翠禽"二句：暗用题柳宗元《龙城录》记赵师雄路遇梅与翠鸟幻化的美女与歌童事。翠禽，即翠鸟。②"无言"句：化用杜甫"绝代有佳人，幽居在空谷。……天寒翠袖薄，日暮倚修竹"诗意。③"昭君"四句：杜甫咏昭君有"画图省识春风面，环佩空归月夜魂"之句。④"犹记"三句：用梅落刘宋寿阳公主额上成"梅花妆"故事。

早与安排金屋⑤。还教一片随波去，又却怨、玉龙哀曲⑥。等恁时、重觅幽香，已入小窗横幅⑦。

⑤金屋：汉武帝幼时言如能得陈阿娇为妇当作金屋贮之。命谓"金屋藏娇"。⑥玉龙哀曲：指笛曲《梅花落》。玉龙，笛子名。⑦横幅：横挂的画幅。

重觅幽香，已入小窗横幅。

排行解析

　　南宋光宗绍熙二年（1191）冬，姜夔在大诗人范成大那里自度了两首新词。一首是列排行榜第十位的《暗香》，另一首就是这首《疏影》。

　　自问世以来，两首词就像一对孪生姊妹，总是形影不离。它们不但几乎总能同时入选同一词选选本，而且历代文人评点时也往往把二者相提并论，惟恐怠慢了哪一个。再看排行指标，20世纪的研究文章，二者都是17篇，同列第二十三位；《疏影》的网络链接3万余次，也与《暗香》不相上下。所以，《疏影》在历史流变过程中的经典性指数与《暗香》非常接近，排行榜排名也仅落后了两位。

　　但落后两位也还是落后了。其中原因，显然是《疏影》的晦涩程度更甚于《暗香》。表现在排行指标上，影响非常广泛的两项指标——选本和评点的排名，《疏影》都不如《暗香》。《疏影》共入选选本46次，排名第四十八位，比《暗香》低了4次和九个位次；评点共29次，排名第四位，也比《暗香》低了13次和三个位次。

　　唱和榜上，《疏影》倒是比《暗香》多了2次，排名也提前了一个位次。对于姊妹篇的《疏影》来说，这也可以算作一个安慰吧！

第13名

辛弃疾

水龙吟

登建康赏心亭①

【排行指标】

历代选本入选次数：56	在100篇中排名：31
历代评点次数：11	在100篇中排名：58
唱和次数：4	在100篇中排名：46
当代研究文章篇数：40	在100篇中排名：7
互联网链接文章篇数：38400	在100篇中排名：40
综合分值：6.68	**总排名：13**

楚天千里清秋，水随天去秋无际。遥岑远目②，献愁供恨，玉簪螺髻。落日楼头，断鸿声里，江南游子。把吴钩看了，栏杆拍遍，无人会、登临意。

休说鲈鱼堪脍。尽西风、季鹰归未③。求田问舍，怕应羞见，刘

【注释】

①建康：今江苏南京。赏心亭：北宋时丁谓建，在城西下水门城上，下临秦淮，尽观览之胜。今已不存。②遥岑：远山。岑，小而高的山。③"休说"二句：西晋张翰在洛阳做官，因见秋风起，乃思家乡鲈鱼脍等，为求适志，遂弃官回乡。季鹰，张翰字。

郎才气④。可惜流年，忧愁风雨，树犹如此⑤。倩何人⑥，唤取红巾翠袖⑦，揾英雄泪⑧。

④"求田问舍"三句：三国时刘备批评许汜求田问舍，言无可采，不能救世。刘郎，指刘备。⑤树犹如此：语出《世说新语·言语》，东晋桓温带兵北伐时见前所种柳皆已十围，慨然曰："木犹如此，人何以堪？"⑥倩：请，求。⑦红巾翠袖：代指女子。⑧揾（wèn）：擦拭。

排行解析

宋孝宗淳熙元年（1174）的一个秋日，辛弃疾登上建康城西的赏心亭，放眼眺望依然沦落金人之手的北方河山，不禁感慨万千，写下了这首著名的《水龙吟》。

论作法，此词变化多方，"笔笔能留，字字有脉络"。论词境，词中"落日楼头，断鸿声里"句和柳永的"关河冷落"句一样，"同为佳境"。词中愤激的英雄悲叹更是令人感慨，"把吴钩"三句"沉恨塞胸，一吐之于纸上，

落日楼头，断鸿声里，江南游子。

仲宣之赋无此慷慨也";词末的"倩何人"三句,又"豪气浓情,一时并集,如闻垓下之歌"。

这首词不仅得到词评家的首肯,也同时受到了古今许多读者的喜爱。《唐宋词汇评》辑录历代点评 11 次,列单榜第五十八位;唱和 4 次,列单榜第四十六位;网络链接近 4 万篇次,列单榜第四十位。这些,都为此词赢得了一定的声誉。

而让这首词真正焕发艺术生命力和大大提升其排行榜名次的,还是现当代的选家和研究型读者。此词流露出的英雄失路的深重悲愤和家国之忧,在 20 世纪引起了研究型读者的广泛关注,一共有 40 篇研究专文发表,列单榜第七位。同时,在选本入选榜上,与古代共入选 9 次的情形大为不同,现当代共有 47 种选本选录此词,高出此期平均入选数 20 次,排同期入选榜第七位。两个第七位,终使这首词的综合实力大大增强,并排在宋词排行榜的第十三位。

第14名

李清照

如梦令

【排行指标】

历代选本入选次数：58	在100篇中排名：26
历代评点次数：21	在100篇中排名：21
唱和次数：4	在100篇中排名：46
当代研究文章篇数：26	在100篇中排名：13
互联网链接文章篇数：61500	在100篇中排名：25
综合分值：6.64	总排名：14

昨夜雨疏风骤。浓睡不消残酒。

试问卷帘人，却道海棠依旧。

知否。知否。应是绿肥红瘦。

排行解析

宋词中，惜花伤春的小令不少，但能达到如这首《如梦令》水准的，却并不多。

此词自问世之日起，便天下称之，"当时文士莫不击节叹赏"。尤其是词中似嗔实伤的"知否。知否。应是绿肥红瘦"数句，自古及今，更是折

试问卷帘人，
却道海棠依旧。

服了无数读者。《唐宋词汇评》所收录的 21 次点评中，有 16 次都涉及了"绿肥红瘦"句。后代词人填词，有的就直接或稍作改造，把"绿肥红瘦"放进自己的词中，如赵善括《好事近》"是处绿肥红瘦，怨东君情薄"、吴潜《摸鱼儿》"满园林瘦红肥绿，休休春事无几"就是。

在强大的名句效应推动下，这首词获得了人们的广泛关注和喜爱。首先，20 世纪的词学研究者纷纷从不同角度探讨这首词的技法与风格，共有 26 篇文章发表，列单榜第十三位，成为决定这首词总体排名的关键因素。其次，在影响最大的入选项上，此词除清代选家在一定程度上对其有所忽视（仅入选 5 种选本）外，宋、元明、现当代的选家均对其格外垂青。特别是元明时期，其以 19 次的入选数列同期榜的第三位。而在入选总榜上，这首词也以 58 次的入选数，名列第二十六位，可说影响不小。再次，在代表着当代大众读者阅读取向的互联网上，其链接也超过了 6 万篇次，列单榜第二十五位，可谓成绩不俗。

综观这首词的各项数据，虽然没有一项能进入单项前十名，但除了权重仅占 5% 的唱和项排名第四十六位、名次较为靠后外，其他各项均排名相对靠前。三十三字的小令，最终能获得第十四位的宋词排行榜名次，已经是一个不小的奇迹了。对此，我们除了赞叹，也还是只有赞叹！

第15名

史达祖

双双燕

咏燕

【排行指标】

历代选本入选次数：81	在100篇中排名：4
历代评点次数：34	在100篇中排名：3
唱和次数：7	在100篇中排名：28
当代研究文章篇数：4	在100篇中排名：60
互联网链接文章篇数：60100	在100篇中排名：26
综合分值：6.62	总排名：15

　　过春社了①，度帘幕中间，去年尘冷。差池欲住②，试入旧巢相并。还相雕梁藻井③。又软语、商量不定。飘然快拂花梢，翠尾分开红影。

　　芳径。芹泥雨润④。爱贴地争飞，竞夸轻俊。红楼归晚，看足柳昏花暝。应自栖香正稳。便忘了、天涯芳信。愁损翠黛双蛾，日日画栏独凭。

【注释】

①春社：古时于春耕前祭祀土神，祈望丰收，谓之春社。②差池：参差。此指燕子飞行时尾翼舒张不齐的样子。③相(xiāng)：仔细看。藻井：有花纹、雕刻、彩画的天花板。④芹泥：燕子筑巢所用的草泥。

　　这首《双双燕》是史达祖的自度名曲。

　　从有关记载看，这首词自问世以来便异常红火。如今，词乐失传，我们自然无法领略其音乐的真美，但仅凭存留的文字，我们仍然可以约略感受到其旋律的动人与美妙。至于其用语的超绝，看词评家们的评点便知。如当时的词坛大腕姜夔就对此词青睐有加，词选家兼词学评论家黄昇也大赏其艺术功力，说其对初春之燕"形容尽矣"。

红楼归晚，看足柳昏花暝。

　　看数据，这首《双双燕》也是历代词选家和词评家的宠儿。在宋代，它是选本入选率最高的词作之一，四大词选有 3 种选入；明代，入选选本 21 种，获亚军；清代，入选选本 16 种，获冠军；现当代，入选选本 41 种，列第十位。总体上，在 105 种古今选本中，此词共入选 81 种，列入选榜第四位。在两万多首宋词中，只有苏轼的《念奴娇·赤壁怀古》、《水调歌头》（明月几时有）和柳永的《雨霖铃》（寒蝉凄切）名列其前。评点榜上，它更是以 34 次的评点数名列单榜第三位，宋词中也只有李清照的《声声慢》（寻寻觅觅）和姜夔的《暗香》（旧时月色）排在它前面。对于这首词的宋词排行榜排名，这两项指标的意义不言而喻。

　　不过，20 世纪以来，这首词的各项指标都呈明显的下降趋势。特别是词学研究领域，其影响甚微，仅以 4 篇专题文章列单项榜第六十位。其中原因并不复杂，乃是其明了的语词表达和显见的主题意蕴、艺术手法，降低了深度研究的意义与价值。但研究意义和价值的降低，并不意味着其阅读价值的减弱，现当代众多选本的强势选入和 6 万多次互联网链接数据的呈现，就已经很能说明问题了。

第16名

李清照
醉花阴

【排行指标】

历代选本入选次数：72	在100篇中排名：8
历代评点次数：21	在100篇中排名：21
唱和次数：14	在100篇中排名：13
当代研究文章篇数：20	在100篇中排名：19
互联网链接文章篇数：22506	在100篇中排名：65
综合分值：6.43	**总排名：16**

薄雾浓云愁永昼。瑞脑消金兽①。佳节又重阳，玉枕纱厨②，半夜凉初透。

东篱把酒黄昏后③。有暗香盈袖。莫道不消魂④，帘卷西风，人比黄花瘦⑤。

【注释】

①瑞脑：香料名，即龙脑。金兽：兽形的铜香炉。②纱厨：纱帐。③东篱：指种菊处。典出陶渊明诗："采菊东篱下，悠然见南山。"④消魂：灵魂离散，形容极度悲愁、欢乐、恐惧等。⑤黄花：菊花。

这首《醉花阴》是李清照的代表作之一。

看排行指标，此词在历代选本中入选 72 次，从宋至今，各代入选数都远远超出百首宋词的平均入选率，并排单项榜第八位。这是此词最终能在宋词排行榜中排第十六位的关键因素。其次，此词被宋元明和清代顺康时期的文人唱和 14 次，排单榜第十三位，也是不错的成绩。

而且，此词还有篇有句，其中的名句格外地引人注目。据说，当时住在青州的李清照曾将此词寄给远在莱州做官的赵明诚。赵明诚看后叹赏不已，欲与妻子一较高下。于是，他闭门谢客，三天写出了五十首《醉花阴》，还大有深意地把此词隐于其中，然后送给好友陆德夫品鉴。没想到，陆德夫看后，

莫道不消魂，帘卷西风，人比黄花瘦。

只说"有三句绝佳";这三句，就是此词结拍的"莫道不消魂，帘卷西风，人比黄花瘦"。

与此传说相应，评点榜上，总共 21 次的历代评点中，有 12 次都与这三句（特别是"人比黄花瘦"）有关。名句的特殊效应，在这首词的流传过程中表现得特别明显。

及至现当代，在词学研究领域，共有 20 篇文章发表。文章大多围绕此词的创作意识、表现技巧和意境、审美、风格等进行分析探讨，与选本、评点的关注一起，形成了对此词的鉴赏接力。

不过，在代表当下大众读者选择趋向的互联网上，这首词的链接数偏低，仅列第六十五位。也许，是词中营造情感体验的意象——"瑞脑"、"金兽"、"纱厨"、"东篱把酒"等，正在远离我们生活的缘故吧。

第17名

贺铸
青玉案

【排行指标】

历代选本入选次数：76		在100篇中排名：7	
历代评点次数：18		在100篇中排名：28	
唱和次数：33		在100篇中排名：2	
当代研究文章篇数：7		在100篇中排名：52	
互联网链接文章篇数：28730		在100篇中排名：52	
综合分值：6.27		总排名：17	

凌波不过横塘路①。但目送、芳尘去②。锦瑟华年谁与度③。月桥花院，琐窗朱户。只有春知处。

碧云冉冉蘅皋暮④。彩笔新题断肠句。试问闲愁都几许。一川烟草，满城风絮。梅子黄时雨。

【注释】

①凌波：形容女子步态轻盈。语出曹植《洛神赋》："凌波微步，罗袜生尘。"横塘：古堤名，在江苏苏州吴中区西南。贺铸晚年曾卜居于此。②芳尘：借指美人。③锦瑟华年：指青春年华。语本李商隐诗："锦瑟无端五十弦，一弦一柱思华年。"④碧云：语出南朝江淹诗："日暮碧云合，佳人殊未来。"后遂成为带有相思之情的意象。蘅：杜蘅，一种香草。皋：水边高地。

排行解析

　　"试问闲愁都几许。一川烟草，满城风絮。梅子黄时雨。"烟草、风絮、梅雨，在这幅暮春烟雨的迷蒙图画中，那愁就像连天碧草，密密层层，漫无边际；又像随风飘扬的柳絮，满天飞舞，纷繁杂乱；又像梅子黄时那淅淅沥沥下不完的雨，连绵不断，没有尽头！

　　失意之愁，可以借怎样的情景来传达呢？贺铸真是高手，一问一答间，三个比喻就将那本无象无形、不可捉摸的愁写得如此真切形象，难怪词人

一川烟草，满城风絮。梅子黄时雨。

因此获得了"贺梅子"的雅号，此词也理所当然地成为了词坛的千古绝唱。

从各项传播接受指标看，这首《青玉案》确实有着不凡的影响力。五项指标中，只有 20 世纪的研究论文和 21 世纪的网络链接数排名不高，均列第五十二位。而其他三项排名都很靠前，且有两项进入前十名。其中，历代唱和榜上，以 33 首和词荣居亚军，仅次于苏轼的《念奴娇·赤壁怀古》。在权重最大的选本入选项上，古今共有 76 种选本选录此词，列入选榜第七位，显得非常突出。这也是这首词能列宋词排行榜第十七位最为重要的保障。

超绝的表现手法和妙绝的人物形象，使这首词获得了巨大的影响和恒久的艺术魅力。

第18名

辛弃疾

菩萨蛮

书江西造口壁①

【排行指标】

历代选本入选次数：54	在100篇中排名：34
历代评点次数：17	在100篇中排名：30
唱和次数：1	在100篇中排名：66
当代研究文章篇数：33	在100篇中排名：10
互联网链接文章篇数：26770	在100篇中排名：56
综合分值：6.17	**总排名：18**

郁孤台下清江水②。中间多少行人泪③。西北望长安④。可怜无数山。

青山遮不住。毕竟东流去。江晚正愁余。山深闻鹧鸪⑤。

【注释】

①造口：一称皂口，在今江西万安西南六十里。其地有皂口溪。②郁孤台：古台名，在今江西赣州西北隅贺兰山顶，为一郡之形胜。清江：此指赣江。③行人：指遭金兵侵扰而流离奔逃的人。高宗建炎三年(1129)，金兵从湖北进逼江西，追掳隆祐太后。隆祐太后从南昌逃至皂口，至赣州方脱险。④长安：这里代指北宋都城汴京。⑤鹧鸪：鸟名，鸣声悲切。

排行解析

　　这首《菩萨蛮》是宋词名篇中的后起之秀。

　　此词在清代以前影响很小，只被明人唱和过1次，分别入选过1种宋代选本、6种明代选本，宋金、元明期各被评点过1次，所有指标皆在同期平均数以下。但到了清代，情况有所好转，共被评点9次，比平均评点数高出5.5次，甚至还被誉为"古今让其独步"（陈廷焯）的佳作；选本入选7种，比元明有所提高。但客观而言，这些成绩还不足以使其排名第十八位，甚至还不能跻身前一百名。

　　20世纪以来，爱国

青山遮不住。毕竟东流去。

之词大放异彩，这首《菩萨蛮》才随之声名大增，排名也大大提前。首先，现当代的研究型读者给予了这首词极大关注。众多的研究文章，从各个侧面对其进行解析，共有 33 篇文章发表，列单项第十位。这是一个骄人的成绩，也为这首词的最终排名立下了头功。其次，在 20 世纪普通大众读者中，这首词的知名度也不小。入选的历代 54 种选本中，有 40 种是现当代选本，高出平均入选数 15 次，对提高这首词的影响力意义重大。总之，通过现当代选家和研究者的努力，这首"忠愤之气，拂拂指端"的词作终于抖落了身上的尘埃，焕发出蓬勃的艺术生命力。

至于排名在五十名之后的唱和与网络链接两项，或影响群体有限，或影响时间短暂，权重设置也都比较小（分别为 10% 和 5%），故没有对此词的总体排名造成太大的负面影响。

第19名

周邦彦

兰陵王

柳

【排行指标】

历代选本入选次数：63		在100篇中排名：21	
历代评点次数：22		在100篇中排名：15	
唱和次数：14		在100篇中排名：13	
当代研究文章篇数：17		在100篇中排名：23	
互联网链接文章篇数：21590		在100篇中排名：66	
综合分值：6.12		**总排名：19**	

柳阴直。烟里丝丝弄碧。隋堤
上、曾见几番①，拂水飘绵送行色。
登临望故国。谁识。京华倦客。长
亭路，年去岁来，应折柔条过千尺。

闲寻旧踪迹。又酒趁哀弦，灯
照离席。梨花榆火催寒食②。愁一
箭风快，半篙波暖，回头迢递便数

【注释】

①隋堤：隋炀帝开通济渠、邗沟，
旁筑御道，并植杨柳，后人谓
之隋堤。此指汴水一带的河堤。

②寒食：即寒食节，在清明节
前一二日。是日禁火，冷食，
节后改取新火。唐宋时，朝廷
有在清明日以榆、柳之火赐百
官的做法。

驿。望人在天北。

　　凄恻。恨堆积。渐别浦萦回③，
津堠岑寂④。斜阳冉冉春无极。念
月榭携手，露桥闻笛。沉思前事，
似梦里，泪暗滴。

③别浦：送别的河岸。浦，河
流入江海处。④津堠（hòu）：
渡口的土堡或望楼。岑寂：高
而静。亦泛指寂静。

排行解析

　　关于这首词的来由，有一个颇为人津津乐道的故事。

　　传说一代才子词人周邦彦和京城名妓李师师相好，并为此得罪了也与
李师师相好的当朝皇帝宋徽宗。吃醋的宋徽宗大为震怒，就想了一个釜底
抽薪的法子，把周邦彦远远地贬出京城。周邦彦临被押出京城时，多情的
李师师前来相送，周邦彦就写了这首《兰陵王·柳》赠别。不久，徽宗皇
帝从李师师口中听到此词，又怜才之意大发，把周邦彦召回，并任命为大
晟乐正。祸福迁移，竟全系于一词！此事真耶否耶？近人王国维经过考证，
说这个风流故事纯系后人的浪漫附会。而之前，人们还是颇以此事为真的，
总爱把此词和周、李、赵三人联结在一起。又是帝王，又是才子，又是佳人，
再加上此词固有的艺术魅力，使其在评点榜上人气颇旺。仅《唐宋词汇评》
中，收录的历代文人评点就有 22 次，列评点榜第十五位，影响很大。

　　这首词不仅得到了评点家的垂青，文人唱和榜上，成绩也非常突出，
共被唱和过 14 次，列单榜第十三位。选本入选榜上，此词在各个时期的入

选数也全面超过了平均入选率，以 63 次的总入选数——仅比周词入选冠军《六丑·蔷薇谢后作》少 1 次——列单榜第二十一位。另外，与周词总体上在 20 世纪研究型读者中颇受冷遇的情况不同，这首词共赢得了 17 篇研究专文的眷顾，列单项榜第二十三位。可见，这首《兰陵王·柳》确是周词中少见的得到了古今读者普遍喜爱的一首词。

总观排行榜，除了影响权重较小的网络链接排名第六十六位，成绩相对落后外，其他四项均排名二十位左右。最终，此词列在了宋词排行榜的第十九位。

长亭路，年去岁来，应折柔条过千尺。

第20名

秦观

踏莎行

郴州旅舍①

【排行指标】

历代选本入选次数：69	在100篇中排名：11
历代评点次数：20	在100篇中排名：24
唱和次数：5	在100篇中排名：37
当代研究文章篇数：21	在100篇中排名：17
互联网链接文章篇数：34900	在100篇中排名：41
综合分值：5.87	**总排名：20**

雾失楼台，月迷津渡。桃源望断无寻处②。可堪孤馆闭春寒，杜鹃声里斜阳暮。

驿寄梅花，鱼传尺素③。砌成此恨无重数。郴江幸自绕郴山④，为谁流下潇湘去⑤。

【注释】

①郴（chēn）州：治所在今湖南郴州。②桃源：陶渊明《桃花源记》中所称的桃花源假托在武陵郡（今湖南桃源），在郴州西北。③鱼传尺素：古乐府《饮马长城窟行》："客从远方来，遗我双鲤鱼。呼儿烹鲤鱼，中有尺素书。"尺素，古人书写多用素绢，通常为一尺。这里指亲友的书信。④郴江：在郴州。⑤潇湘：潇水与湘水在今湖南永州合流，称潇湘。

排行解析

　　贬谪，是古代许多文人的厄运。这首《踏莎行》，就是一阕贬谪文人的痛苦心曲，大约作于哲宗绍圣四年(1097)春秦观由湖南郴州谪徙广西横州时。和秦观"同升而并黜"的苏轼，非常爱重这首词。据说秦观死后，苏轼曾痛心疾首地叹道："少游已矣，虽万人何赎！"并将这首词的末二句写在扇面上，以示纪念。数百年之后，清代的王士禛有感于苏轼的痛惜，也深深地慨叹："高山流水之悲，千载而下，令人腹痛！"并称赏这首词为"千古绝唱"。

　　排行榜上的数据，也见证了古今文士对这首词所给予的高度关注。历代评点榜上，此词被评点20次，列单榜第二十四位。20世纪也有21篇研究文章问世，列单榜第十七位。古今文士的高度关注，有效地扩大了这首词的影响力。在大众读者群中，这首词的影响更大，其共入选了古今选本69种，排名第十一位。而且不论古代还是现当代，此词的入选率都非常高，尤其在元明时期，其共入选了20种选本，列此期单榜的第三位，成绩相当突出。

　　榜单上，影响时间短、权重小的当代网络和唱和两项，排名相对靠后，但并没有影响到这首词的总体排名。

第21名

范仲淹

渔家傲

【排行指标】

历代选本入选次数：72		在100篇中排名：8
历代评点次数：10		在100篇中排名：66
唱和次数：2		在100篇中排名：63
当代研究文章篇数：28		在100篇中排名：11
互联网链接文章篇数：43900		在100篇中排名：36
综合分值：5.81		**总排名：21**

塞下秋来风景异①。衡阳雁去无留意②。四面边声连角起③。千嶂里④。长烟落日孤城闭。

浊酒一杯家万里。燕然未勒归无计⑤。羌管悠悠霜满地⑥。人不寐。将军白发征夫泪。

【注释】

①塞下：指西北边地的驻防要塞。②衡阳雁去：传说北雁南来衡阳过冬，来年春暖北归。衡阳，今湖南衡阳。③边声：边地的各种声响。④嶂：高峻如屏障的山峰。⑤"燕(yān)然"句：用东汉窦宪领兵出塞，大破北匈奴，登燕然山，刻石纪功而还的典故。燕然，今蒙古人民共和国境内的杭爱山。勒，刻。⑥羌管：羌笛。

排行解析

　　我们今天看来完全属于高雅文学的宋词，北宋初期却被视为"末技"、
"小道"，难登大雅之堂。那时候依曲填词大多是为了娱宾遣兴，歌词里唱
的也大都是风花雪月、相思离愁。相比之下，这首《渔家傲》在当时的词
坛可谓独树一帜。

千嶂里。长烟落日孤城闭。

　　这首词作于仁宗庆历元年（1041）前后，作者当时任宋廷西北边帅，担当抵御西夏侵扰的重任。词中境界阔大，格调苍凉，将士们抵抗侵略、以身许国的悲壮形象尤显突出。"燕然未勒归无计"，仅此句所潜含的勒石燕然的英雄气概，就足以使此词传诸后世，更何况它还有别开词坛新面的历史功绩。

　　千百年来，此词的生命力可谓旺盛。除了在评点榜、唱和榜上排名第六十六和六十三位，名次较为靠后外，其他几项都成绩不俗。首先，在选本入选项上，其共入选了历代 72 种选本，列单项第八位。其次，在现当代爱国诗词大放光芒的时候，它也以 28 篇研究文章，居单榜第十一位，大大提高了它在后世的影响力。最后，在新时代的互联网上，其链接数也超过了 4 万篇次，排名第三十六位。

　　可惜，这类沉雄有力的词章在当时实在是太少了。但也正因为其少，才愈见出其独有的价值来。

宋词排行榜

第22名

张先
天仙子

【排行指标】

历代选本入选次数：65		在100篇中排名：16	
历代评点次数：19		在100篇中排名：27	
唱和次数：4		在100篇中排名：46	
当代研究文章篇数：9		在100篇中排名：44	
互联网链接文章篇数：105800		在100篇中排名：13	

综合分值：5.33　　　　　　　　**总排名：22**

时为嘉禾小倅①，以病眠不赴府会。

《水调》数声持酒听②。午醉醒来愁未醒。送春春去几时回，临晚镜。伤流景③。往事后期空记省④。

沙上并禽池上暝⑤。云破月来

【注释】

①嘉禾：秀州别称，治所在今浙江嘉兴。倅（cuì）：副职。宋仁宗庆历三年（1043）春，张先为秀州判官。②《水调》：曲调名，相传为隋炀帝杨广所制，唐宋时十分流行。③流景：如水流逝的光阴。④记省（xǐng）：清楚地记得。省，清楚，明白。⑤并禽：成对的禽鸟，多指鸳鸯。

花弄影。重重帘幕密遮灯,风不定。人初静。明日落红应满径。

排行解析

　　张先雅称"张三影"。三影之中,这首《天仙子》词中的"云破月来花弄影"最为有名,时人宋祁就径呼词人为"云破月来花弄影郎中",明人卓人月也说:"张先以'三影'名者,……以'云破月来花弄影'为最。"《至元嘉禾志》卷九还载,在这首词的诞生地嘉禾,有一亭名"花月亭",又名"来月亭",取的就是"云破月来花弄影"的句意。

　　近人王国维更是别具只眼,他从人所共称的"影"字中跳出,独称一"弄"字,说"着一'弄'字,而境界全出矣"。确实,"弄"字一出,花、月、云、影刹那间便都有了生机和光彩。天云开处,月儿明,花儿颤,疏影出,

云破月来花弄影

真个是"绘影绘色"的"神来之笔"！而又不见雕琢之痕，乃是"自然韵高"。更为难得的是，这精美的词句还让我们从伤春之愁中领略到了一份欣悦美感，感受到了天地之间倏然现出的一种灵动与美丽。

一句"云破月来花弄影"所产生的强大效应力，在很大程度上奠定了这首词的经典地位。历代的文人评点，也都毫不吝啬对此句大加赞赏。评点榜第二十七位的排名，19 次的古今评点，为这首词赢得了相当大的声誉。入选历代 65 种选本，单项第十六名的好成绩，更是直接成就了这首词的高位排名。其中，明代还以 20 次的入选数，列此期单榜的第三位！另外，其在当代互联网上也成绩不俗，链接数达到了 10 余万篇次，列此项的第十三名。可见，古往今来，这首词在大众读者中的影响都非常广泛。

还需要提及的是，"三影"中的另二"影"分别是：《归朝欢》中的"娇柔懒起，帘幕卷花影"和《剪牡丹》中的"柳径无人，堕风絮无影"。若再加上《青门引》中的"那堪更被明月，隔墙送过秋千影"、《木兰花》中的"中庭月色正清明，无数扬花过无影"，我们直要呼张先为"张五影"了。以"影"留名，"影"出名成，宋代的词坛真可谓多姿多彩矣！

第23名

辛弃疾

祝英台近

晚春

【排行指标】

历代选本入选次数：63		在100篇中排名：21
历代评点次数：22		在100篇中排名：15
唱和次数：10		在100篇中排名：19
当代研究文章篇数：2		在100篇中排名：74
互联网链接文章篇数：52670		在100篇中排名：30
综合分值：5.17		**总排名：23**

宝钗分①，桃叶渡②。烟柳暗南浦③。怕上层楼，十日九风雨。断肠片片飞红，都无人管，倩谁唤、流莺声住。

鬓边觑。试把花卜心期，才簪又重数。罗帐灯昏，呜咽梦中语。是他春带愁来，春归何处。却不解、将愁归去。

【注释】

①宝钗分：钗分两股，古时夫妇或情人分别时，常各执一股作为纪念。②桃叶渡：古渡口名，在今南京秦淮河与古青溪水道合流处附近。相传因晋王献之在此送别爱妾桃叶而得名。③南浦：语出屈原《楚辞·九歌·河伯》："送美人兮南浦。"后遂常用以称送别之地。浦，水边。

排行解析

　　这是辛弃疾词中少有的一首"温柔缠绵，一往情深"的词作。也许是因为少而珍贵吧，相对于辛弃疾那些金戈铁马、扼腕悲愤的英雄之词，这首"昵呷温柔，魂销意尽"的佳作受到了批评型读者的格外关注。反映到

宝钗分，桃叶渡。烟柳暗南浦。

排行指标上，此词获得了历代评点 22 次，列单榜第十五位。辛词中，除了被杨慎称为压卷之作、宋词排行榜排名第六的《永遇乐·京口北固亭怀古》外，还没有哪一首能在评点榜上超过它。这是此词宋词排行榜排名能列第二十三位最关键的因素。

　　看排行榜，这首词的经典地位主要是由古代的读者成就的。除其在上述以古代读者为主的评点榜上声名颇著外，唱和榜上，它也以 10 首唱和之作，列单榜第十九位。至于影响最大的入选项，其一共入选了 63 种选本，排名第二十一位，也是不俗的成绩。特别是在古代，宋时四大选本有 3 种选入，元明 22 种选本中有 20 种选入，清代 21 种选本中有 13 种选入，都远远超出各期的平均入选数，分别列各期单项榜的第一、第三、第三位，传播力度要高出现当代许多（现当代 60 种选本中只有 27 种选入，仅达到百首名篇的平均水平）。

　　造成这种反差的原因其实并不难理解，古尚婉约，今崇豪放，尤其崇尚激越雄放的爱国词，这首婉约之作的光亮自然就会减弱不少。20 世纪的研究论文仅有 2 篇，列单榜第七十九位，也同样说明了这个问题。

第24名

苏轼

卜算子

黄州定惠院寓居作①

【排行指标】

历代选本入选次数：57		在100篇中排名：29
历代评点次数：15		在100篇中排名：39
唱和次数：15		在100篇中排名：11
当代研究文章篇数：9		在100篇中排名：44
互联网链接文章篇数：72100		在100篇中排名：22
综合分值：5.13		**总排名：24**

　　缺月挂疏桐，漏断人初静②。
时见幽人独往来③，缥缈孤鸿影。

　　惊起却回头，有恨无人省④。
拣尽寒枝不肯栖，寂寞沙洲冷。

【注释】

①定惠院：在黄州（今湖北黄冈）东南。②漏断：滴漏声已断，指夜深。③幽人：幽居之人。④省（xǐng）：明白。

排行解析

　　宋神宗元丰三年（1080），因作诗讽刺新法，苏轼被贬往黄州，初居定惠寺。此词即作于此时。

　　"乌台诗案"，词人九死一生，但在幽独孤寂中，他依然吟唱着"拣尽寒枝不肯栖，寂寞沙洲冷"，让千百年后的我们仍能感知词人那孤高自许的高士品格。无怪乎黄庭坚评说这首词"语意高妙，似非吃烟火食人语"，并赞叹："非胸中有万卷书，笔下无一点尘俗气，孰能至此！"

时见幽人独往来，缥缈孤鸿影。

　　事实证明，这首寂寞高士的幽独心曲在古今各类读者中有着很大的吸引力。首先，它是历代文人最爱仿作的作品之一，先后共有 15 人次追慕唱和，列唱和榜第十一位。其次，在普通大众读者中，不论是古今的选本，还是当代的互联网，其传播影响都比较广泛。选本入选榜上，此词以 57 次的入选数列单榜第二十九位，而且宋以后，入选率都高出平均水平。当代互联网上，其也以 7 万余次的链接数排名第二十二位。再次，古今的批评型读者，共贡献了 15 次评点和 9 篇研究专文，分别列单榜第三十九和四十四位，指数虽然稍低，但也终不出前五十名之外。最终，这首词排在了宋词排行榜的第二十四位。

第25名

史达祖

绮罗香

咏春雨

【排行指标】

历代选本入选次数：59	在100篇中排名：25
历代评点次数：28	在100篇中排名：6
唱和次数：5	在100篇中排名：37
当代研究文章篇数：0	在100篇中排名：92
互联网链接文章篇数：59550	在100篇中排名：27
综合分值：5.11	**总排名：25**

做冷欺花，将烟困柳，千里偷催春暮。尽日冥迷，愁里欲飞还住。惊粉重、蝶宿西园，喜泥润、燕归南浦。最妙它、佳约风流，钿车不到杜陵路①。

沉沉江上望极，还被春潮晚急，难寻官渡②。隐约遥峰，和泪谢娘

【注释】

①钿（diàn）车：用金银珠宝嵌饰的车子，古时常为贵族妇女所乘。钿，把金银珠宝等镶嵌在器物上作装饰。杜陵：在今陕西西安东南，唐宋时郊游胜地。②"还被"二句：化用韦应物《滁州西涧》"春潮带雨晚来急，野渡无人舟自横"诗意。官渡，官设的渡口，此亦指渡船。

眉妩③。临断岸、新绿生时,是落红、带愁流处。记当日、门掩梨花,剪灯深夜语④。

③谢娘:唐代李德裕有歌妓谢秋娘,后常以泛指歌妓。
④"记当日"二句:化用秦观"雨打梨花深闭门"词意,及李商隐"何当共剪西窗烛,却话巴山夜雨时"诗意。

排行解析

史达祖不愧是咏物高手,词笔所至处,即可成词坛绝调。

这首咏春雨的词作整篇都看不到一个"雨"字,却能妙传春雨之神、妙摄春雨之魄,并能巧妙地将怀人之思与伤春之意融于其中。南宋著名词人兼词评家张炎品评这首词说:"此篇全章精粹,所咏了然在目,且不留滞于物。"确是中肯之论。此词高超的艺术表现手法赢得了历代许多文人的由衷叹赏。明代大才子杨慎就认为开篇"做冷欺花,将烟困柳"二句,将"春雨神色"拈出。清人陈廷焯也评价整首词"凄警特绝"。到了近代,词学大师吴梅认为词中"惊粉重"和"临断岸"句皆是"词中妙语",梁启勋认为"临断岸"句能"摄春雨之魂",俞陛云认为末句写"门掩梨花"深具"点染生姿,余音绕梁"之美。表现在排行榜上,从宋至今,此词共有28次评点,排单项榜第六位,直接促成了这首词在宋词排行榜上的高位排名。

但与此形成明显反差的是,20世纪的研究型读者对它的关注甚少,研究文章数为0;现当代的60种选本也只有22种选入,此二项在很大程度上降低了这首词的综合影响力。不过,古今59次的选本入选总数,还是使得这首词在入选榜上排在了第二十五位,且与宋词排行榜排名的第二十五位相吻合。两个"第二十五位",也许并不完全是一种巧合吧。

宋词排行榜

第26名

秦观
鹊桥仙

【排行指标】

历代选本入选次数：68	在100篇中排名：12
历代评点次数：5	在100篇中排名：87
唱和次数：4	在100篇中排名：46
当代研究文章篇数：11	在100篇中排名：36
互联网链接文章篇数：166800	在100篇中排名：5

综合分值：5.10　　　　　　　　总排名：26

纤云弄巧①，飞星传恨，银汉迢迢暗度②。金风玉露一相逢③，便胜却、人间无数。

柔情似水，佳期如梦，忍顾鹊桥归路④。两情若是久长时，又岂在、朝朝暮暮。

【注释】

①纤云弄巧：纤云美丽变幻，好像织女巧手织出的锦衣。②银汉：银河，天河。③金风：秋风。秋在五行中属金，故称。④忍：怎忍，不忍。

　　一年分离只换得一夕相聚，鹊桥相会的故事总能引起人们无限的感慨。然而，秦观的这首《鹊桥仙》却能别出心裁，引导人们透过感慨一层，从更深的层次上理解这个故事的涵义。"两情若是久长时，又岂在、朝朝暮暮！"这里，不仅有对人们感伤心理的安顿抚慰，更有对爱情内质、幸福真谛的解读与赞美，境界顿开，高意顿显。

　　因为表意的显豁，历代文人对这首词的评点并不多，只有 5 次，但评价都相当高。如明代的李攀龙就说这首词"最能醒人心目"，沈际飞也说这首词"独谓情长不在朝暮，化臭腐为神奇"，近人俞陛云更引夏闰庵语说："七夕词最难作，宋人赋此者，佳作极少，惟少游一词可观。"

　　天长地久的爱情总能让人为之感动。这首词不仅得到了词评家们的极力称赞，还受到了无数普通大众读者的欢迎，说其是人们耳熟能详的名篇，是一点也不为过的。看排行数据，最引人注目的选本入选项上，这首词共入选了历代 68 种选本，列单榜第十二位，一举奠定了其在宋词排行榜上的高位排名。

　　"只求曾经拥有，不求天长地久。"这是今天人们的爱情流行语。但即便如此，忠贞不渝、天长地久的浪漫爱情，仍然是人们心中怀有的美好愿望。反映在排行数据上，现当代不仅有 41 种选本选录此词，当代互联网上，它也以近 17 万篇次的链接文章列单榜第五位，超过了许多总榜名次靠前的经典名篇。在秦观，这是应该感到非常欣慰的。

第27名

欧阳修
蝶恋花

【排行指标】

历代选本入选次数：58	在100篇中排名：26
历代评点次数：24	在100篇中排名：8
唱和次数：3	在100篇中排名：55
当代研究文章篇数：5	在100篇中排名：57
互联网链接文章篇数：64850	在100篇中排名：24
综合分值：5.05	**总排名：27**

【注释】

①玉勒雕鞍：饰玉的马勒、雕饰的马鞍，代指华贵车马。勒，带嚼子的马笼头。游冶：追求声色，寻欢作乐。②章台：泛指妓院聚集之地。

　　庭院深深深几许。杨柳堆烟，帘幕无重数。玉勒雕鞍游冶处①。楼高不见章台路②。

　　雨横风狂三月暮。门掩黄昏，无计留春住。泪眼问花花不语，乱红飞过秋千去。

排行解析

　　这是一首存在着作者署名权问题的作品。有人认为是欧阳修所作，有人则认为是冯延巳的作品，争议颇大。但争论归争论，此词的经典地位并没有因此而受到影响。其造语之新、情感之深、意境之美，折服了古今无数读者，并最终使其排在较为宋词排行榜靠前的第二十七位。

庭院深深深几许

首先，首句"深深深"三叠字的妙用历来受人赞赏，并由此直接促成了创作型读者的追和效仿。如李清照就写了好几首以"庭院深深深几许"起首的《临江仙》词。历代文人评点也总爱拈出此三叠字，说它"最新奇"、"妙甚"，等等。

其次，结尾处"泪眼问花花不语，乱红飞过秋千去"二句，被评点家视为语意浑成的范例。清人毛先舒就详细分析说："'泪眼问花花不语，乱红飞过秋千去。'此可谓层深而浑成。何也？因花而有泪，此一层意也；因泪而问花，此一层意也；花竟不语，此一层意也；不但不语，且又乱落，飞过秋千，此一层意也。人愈伤心，花愈恼人，语愈浅而意愈入，又绝无刻画费力之迹，谓非层深而浑成耶？"

再次，这又是一首哀怨动人的凄婉词章。试想，古时曾有多少美丽的生命像词中女子那样，黯然凋谢在深深庭院中、幽幽深闺处？勿怪乎陈廷焯读后感慨道："试想千古有情人读至结处，无不泪下。绝世至文。"一片哀怨之情，直使千古共感。

统计数据中，历代文人共有24次评点，列单项第八位。仅此项所产生的强大影响力，就足可使此词驰骋词坛，排名高位。另外，选本入选榜上，其以入选58次的成绩列第二十六位；当代网络上，也以6万余次的链接数列第二十四位，助推作用都不小。虽然历代唱和和当代研究文章两项成绩不佳，但并没有影响到这首词的总体排名。

第28名

周邦彦

六 丑

蔷薇谢后作

【排行指标】

历代选本入选次数：64	在100篇中排名：17
历代评点次数：29	在100篇中排名：4
唱和次数：6	在100篇中排名：33
当代研究文章篇数：7	在100篇中排名：52
互联网链接文章篇数：9500	在100篇中排名：87

综合分值：5.04   **总排名：28**

正单衣试酒①，怅客里、光阴虚掷。愿春暂留，春归如过翼。一去无迹。为问花何在，夜来风雨，葬楚宫倾国②。钗钿堕处遗香泽③。乱点桃蹊④，轻翻柳陌。多情为谁追惜。但蜂媒蝶使，时叩窗槅⑤。

东园岑寂。渐蒙笼暗碧。静绕

【注释】

①试酒：品尝新酿成的酒。宋时农历三四月间有品尝新酒的习俗。②楚宫倾国：楚国宫中美女，此处代指蔷薇花。③钗钿：此喻蔷薇花瓣。钿，古代一种嵌金花的首饰。④桃蹊：桃树下的小路。蹊，小路。⑤槅(gé)：门窗上用木条做成的格子。

珍丛底，成叹息。长条故惹行客。
似牵衣待话，别情无极。残英小、
强簪巾帻⑥。终不似、一朵钗头颤袅，
向人欹侧⑦。漂流处、莫趁潮汐⑧。
恐断红、尚有相思字⑨，何由见得⑩。

⑥帻：头巾。⑦欹（qī）：倾斜。
⑧趁：逐。⑨"恐断红"句：
化用唐代"红叶题诗"故事。
卢渥曾于御沟中拾一红叶，上
有题诗，后得一官女，正是题
诗者。⑩何由见得：即"何由
得见"。

排行解析

　　列宋词排行榜第二十八位的这首《六丑·蔷薇谢后作》，是咏物词中
的名篇，也是一首充分展示周邦彦音乐才华和诗思才情的名作。

为问花何在，夜来风雨，葬楚
宫倾国。

《六丑》词调为周邦彦所创制。对于"六丑"名称的由来，据说词人曾解释说："此犯六调，皆声之美者，然绝难歌。昔高阳氏有子六人，才而丑，故以比。"所谓"犯六调"，就是将六个不同宫调的唱段融合在一个词调中，故非有精深的音乐造诣是绝难做到的。作起来难，唱起来就更难，所谓"绝难歌"者是也。

周邦彦不仅是音乐名家，也是咏物高手。这首词咏蔷薇谢后情形，确实达到了曲尽其妙的地步。而且，词中的羁旅沧桑之慨直与物化，妙绝之处，花、人一体，被清代著名的词评家陈廷焯盛赞为"词中之圣也"。正因如此，这首词赢得了历代批评型读者近乎崇拜的称誉，《唐宋词汇评》收录的 29 次评点就全部是赞美性的。评点榜列第四位，这在总名次排在二十位之后的全部宋词作品中，是单项排名最高的。这是此词强大生命力的集中体现，也是其最终排名居前的最为关键的因素。

除历代文士对此词推重备至外，其在大众读者中的影响也不小。选本入选榜上，它以 64 次的入选总数排第十七位，成为周邦彦词中最受选家关注的一首。其中，明清两代的关注度最高，分别入选了 21 种明代选本，列同期单榜第二位；13 种清代选本，列同期单榜第三位。这样的成绩，是颇为令人惊讶的。

但到了现当代，这首词的影响力却是越来越小了。20 世纪的研究文章项中，它还能排在第五十二位。而到了 21 世纪，它在网络上的影响就越加沉寂起来，仅排名第八十七位。这无疑大大削弱了历代词评家和选家为其营造的巨大声势，与岳飞的《满江红》等词在古今的影响相比，恰成一明显的反差。但经典历程不同，却不影响它们的经典地位。

第29名

秦观
满庭芳

【排行指标】

历代选本入选次数：66	在100篇中排名：15	
历代评点次数：23	在100篇中排名：12	
唱和次数：1	在100篇中排名：66	
当代研究文章篇数：8	在100篇中排名：48	
互联网链接文章篇数：89354	在100篇中排名：20	

综合分值：5.03　　　　　　　　　**总排名：29**

山抹微云，天连衰草，画角声断谯门①。暂停征棹，聊共引离尊。多少蓬莱旧事②，空回首、烟霭纷纷。斜阳外，寒鸦万点，流水绕孤村。

消魂。当此际，香囊暗解，罗带轻分。谩赢得、青楼薄幸名存③。此去何时见也，襟袖上、空惹啼痕。伤情处，高城望断，灯火已黄昏。

【注释】

①画角：古代乐器名，其声哀厉高亢。谯门：设有望楼的城门。谯，城门上的望楼。②蓬莱旧事：指情爱往事。蓬莱，古代传说中的神山，亦常泛指仙境。③"谩赢得"句：化用杜牧"十年一觉扬州梦，赢得青楼薄幸名"诗意。谩，徒然。薄幸，薄情。

排行解析

　　这首《满庭芳》，一开篇就让人惊艳不已。"山抹微云"是宋词中广为流传的名句，词人也因此获得了"山抹微云秦学士"的雅号。据说，秦观的女婿范温也曾以"山抹微云女婿"自夸，并颇在人前长了几分志气。

　　秦观特别善于创制名句，也善于化用前人的诗句。如词中的"斜阳外，

伤情处，高城望断，灯
火已黄昏。

寒鸦万点，流水绕孤村"，就是从隋炀帝"寒鸦千万点，流水绕孤村"的诗句中脱化而来的，而妙处又绝胜之，以至于晁补之称其为"虽不识字人"也知晓的"天生好言语"。

名句的巨大效应，使得历代的评点者为这首词奉献了 23 次的好评。相对于第二十九位的宋词排行榜排名而言，评点榜第十二位的名次是非常突出的。

在大众读者群中，这首感情深挚的伤离词也一直有着很高的知名度。据说，宋时杭州西湖边上，曾有一人闲唱《满庭芳》，却偶将词中的"画角声断谯门"句错唱为"画角声断斜阳"。时恰有一妓在旁弹琴，随即指出了他的错误。闲来随口哼唱，稍错即被人指出，可见人们对这首词的熟悉和喜爱到了何种程度。

在选本入选项中，此词的入选率也非常高，共被 65 种古今选本选录，列单榜第十五位。当代互联网上，也以近 9 万篇次的链接数排名第二十位。这两项指标，都高于它的宋词排行榜排名。

相比之下，历代唱和与当代研究文章两项成绩不太好。但名篇就是名篇，其地位并没有因此而受到影响。

第30名

李清照

一剪梅

【排行指标】

历代选本入选次数：51	在100篇中排名：38
历代评点次数：18	在100篇中排名：28
唱和次数：7	在100篇中排名：28
当代研究文章篇数：5	在100篇中排名：57
互联网链接文章篇数：97200	在100篇中排名：30
综合分值：5.02	总排名：30

红藕香残玉簟秋①。轻解罗裳②，独上兰舟。云中谁寄锦书来，雁字回时，月满西楼。

花自飘零水自流。一种相思，两处闲愁。此情无计可消除，才下眉头，却上心头③。

【注释】

① 簟（diàn）：竹席。② 罗裳（cháng）：犹罗裙。裳，下衣。③ "才下眉头"二句：化用范仲淹词"都来此事，眉间心上，无计相回避"句意。却，又，再。

　　李清照不愧是填词高手。相思离别，千古一情，但在她的笔下，却韵致天然，魅力独具。

　　词中，"红藕香残玉簟秋"、"雁字回时，月满西楼"，意境是多么美妙，笔触是多么动人！"轻解罗裳，独上兰舟"、"一种相思，两处闲愁"、"才下眉头，却上心头"，语言又多么明了，表意又多么别致！这样的词笔流泻出的真情告白，才不会随着时间的流逝而褪色，反而会历时愈久，其韵尤长，其味愈足。

　　历来文人少有不服膺李清照的词才的。排行榜上，此词共被评点 18 次，

花自飘零水自流。一种相思，两处闲愁。

唱和 7 次,都排在第二十八位。可见其在批评型和创作型读者中的影响。

选本入选项上,这首词排名第三十七位,共被 51 种古今选本选录。而且,除清代 21 种选本入选 6 次,入选率较低以外,其他各代入选率都非常高。尤其在明代,22 种选本全部选录,荣获此期入选榜的冠军。在代表当代大众读者审美取向的互联网上,这首词的链接数也达到了近 10 万篇次,列单榜第十六位。可见,这首饱含着"此情无计可消除"的深挚思念的作品,在大众读者中是引起了广泛共鸣的。

只是当代研究文章 5 篇,仅排名第五十七位,似乎约略让词人有些难为情。但词人也一定明白,她这些韵致天然的作品,是本不用研究者们花大心思来写洋洋长篇的学术论文的。

第31名

李清照

凤凰台上忆吹箫

【排行指标】

历代选本入选次数：55		在100篇中排名：31
历代评点次数：20		在100篇中排名：24
唱和次数：18		在100篇中排名：9
当代研究文章篇数：4		在100篇中排名：60
互联网链接文章篇数：26400		在100篇中排名：57
综合分值：4.97		**总排名：31**

香冷金猊①，被翻红浪，起来慵自梳头。任宝奁尘满，日上帘钩。生怕离怀别苦，多少事、欲说还休。新来瘦，非干病酒，不是悲秋。

休休。这回去也，千万遍《阳关》②，也则难留。念武陵人远③，烟锁秦楼④。惟有楼前流水，应念我、终日凝眸。凝眸处，从今又添，一段新愁。

【注释】

①金猊（ní）：一种狻猊形炉盖的铜制香炉。猊，狻猊，狮子。②《阳关》：古送别曲《阳关三叠》的省称。亦泛指离别时所唱歌曲。③武陵人远：谓丈夫不在身边。此用刘晨、阮肇天台山遇仙，半年后还乡，子孙已历七世。二人再入天台则仙人仙境皆无踪影故事。④秦楼：秦穆公女弄玉好乐，萧史善吹箫作凤鸣，穆公遂以女妻之，并为之建凤楼。此指词人居所。

排行解析

　　"黯然销魂者，唯别而已矣。"李清照的这首《凤凰台上忆吹箫》，诉说的就是这样一种黯然销魂的"离怀别苦"。词中，作者用忧伤哀怨之笔曲折含蓄地记述了她和丈夫赵明诚的一次分别，将一片痴情融化词中，奉献了宋词苑中的又一朵奇葩。

　　这是一首充满才情的作品，在古代创作型和批评型读者中，都有巨大影响。唱和榜上，古代文人共效仿追和 18 次，列第九位；评点榜上，历代文人共评点 20 次，列第二十四位。这两项成绩对其最终登上宋词排行榜第三十一位，有着决定性的意义。

香冷金猊，被翻红浪，起来慵自梳头。

　　一份词才，再加上一种痴情，此词也同时激发了词选家向大众读者大力推介的热情。历代共有 55 种选本选录此词，列单榜第三十一位，使大量的普通读者有机会接触这首名作，一同感受作品中漾溢的幽美情思。

　　不过，相对于李清照的其他名作，这首词在现当代的影响力较弱。当代网络和 20 世纪词学研究两项对它的关注度都不太够，分别列单榜的第五十七和六十位。当代的词选选本也仅选录 20 次，低于百首名篇的平均入选率。也许是因为"香冷金猊"、"武陵人远"、"烟锁秦楼"一类的情境和典故，造成了作品和当代读者之间的某种隔膜吧。

第32名

范仲淹
苏幕遮

【排行指标】

历代选本入选次数：64	在100篇中排名：17
历代评点次数：11	在100篇中排名：58
唱和次数：7	在100篇中排名：28
当代研究文章篇数：10	在100篇中排名：39
互联网链接文章篇数：55500	在100篇中排名：28

综合分值：4.97   **总排名：32**

碧云天，黄叶地。秋色连波，波上寒烟翠。山映斜阳天接水。芳草无情，更在斜阳外。

黯乡魂，追旅思①。夜夜除非，好梦留人睡。明月楼高休独倚。酒入愁肠，化作相思泪。

【注释】

① "黯乡魂" 二句：意谓魂系故乡，神情黯然；他乡羁旅，愁思萦怀。黯，神情凄怆貌。追，这里有紧随、缠绕的意思。

排行解析

　　这首《苏幕遮》是一首尽显相思柔情的作品。

　　与此形成巨大反差的是，其作者竟是这样一位人物：他是一位统帅，在北宋王朝的西北边塞叱咤风云，令虎视眈眈的西夏人闻风丧胆，当时边塞就流传有"军中有一范，西贼闻之惊破胆"的歌谣；他又是一位政治家，是北宋庆历新政的倡导者和领导者，他"居庙堂之高则忧其民，处江湖之远则忧其君"，将"先天下之忧而忧，后天下之乐而乐"作为他终生践行的信条。

　　一代名臣，德高望重，正气浩然，却能写出这样的婉约之作，确实弥足珍贵。历代文人评点中，也大都提到了这一点。评点榜上，此词名列第五十八位，影响力虽不算很大，但 11 次评点都是赞美性的，如明人卓人月就称赞它"不厌百回读"，为其争得了良好的词坛声誉。

　　其他项上，此词的成绩也都不俗。唱和榜上，历代共有 7 次唱和，列单榜第二十八位；当代网络链接数也达到了 5 万余次，同样名列第二十八位。在大众读者中，此词受欢迎的程度更高，共入选了 64 种古今选本，列单榜第十七位。这三项指标相拥相簇，大大提升了此词的综合实力，并最终使其登上了宋词排行榜的第三十二位。

第33名

王安石

桂枝香

金陵怀古①

【排行指标】

历代选本入选次数：78	在100篇中排名：6
历代评点次数：7	在100篇中排名：85
唱和次数：11	在100篇中排名：16
当代研究文章篇数：11	在100篇中排名：36
互联网链接文章篇数：40800	在100篇中排名：39
综合分值：4.85	总排名：33

登临送目。正故国晚秋②，天气初肃。千里澄江似练③，翠峰如簇。归帆去棹残阳里，背西风、酒旗斜矗。彩舟云淡，星河鹭起④，画图难足。

念往昔、繁华竞逐。叹门外楼头⑤，悲恨相续。千古凭高，对此

【注释】

①金陵：今江苏南京。为吴、东晋、宋、齐、梁、陈六朝古都。②故国：故都，此指金陵。③"千里"句：化用谢朓"澄江静如练"诗意。练，白绢。④星河：此指长江。鹭：白鹭。旧时南京城西长江中有白鹭洲。⑤门外楼头：化用杜牧"门外韩擒虎，楼头张丽华"诗意。相传隋朝大将韩擒虎带兵逼近陈官门外，后主陈叔宝还和宠妃张丽华在楼头寻欢作乐。

谩嗟荣辱⑥。六朝旧事随流水，但寒烟、芳草凝绿。至今商女，时时犹唱，后庭遗曲⑦。

⑥谩嗟：空叹。⑦"至今"三句：化用杜牧"商女不知亡国恨，隔江犹唱《后庭花》"诗意。商女，指歌妓。《后庭》遗曲，指陈后主所制《玉树后庭花》，后代指亡国之音。

排行解析

这首《桂枝香》是宋词中最著名的怀古词之一。它不仅情韵"有美成、耆卿所不能到"处，而且在题材和手法上都有重要的开拓性贡献。

此词在问世之初，就深为人们所叹赏。据说，"金陵怀古，诸公寄调《桂枝香》者三十余家，惟王介甫为绝唱"。后来苏轼看到这首词，也大为感叹道："此老乃野狐精也。"其在当时影响之大，由此可知。

排行榜上，此词只历代评点数较低，列单榜第八十五位。其他各项，均有良好的表现。首先，它是文人颇爱效仿的词作之一，从宋至清顺康期，先后有 11 人次追和，列单榜第十六位。其次，选本入选榜上，从宋至今，它始终是选家关注的作品，共入选了古今 78 种选本，列单榜第六位；特别是元明时期，它还以 21 次的成绩排到了百首宋词的第二位！仅此两项成绩，就足以使其成为千古不朽之作。

同时，在现当代词学研究和网络传播两项，这首词的成绩也不错，都排到了三十几位。可见，时至千百年后的今天，这首词仍然是人们心中当之无愧的经典名篇。

第34名

周邦彦

瑞龙吟

【排行指标】

历代选本入选次数：46		在100篇中排名：48	
历代评点次数：22		在100篇中排名：15	
唱和次数：10		在100篇中排名：19	
当代研究文章篇数：4		在100篇中排名：60	
互联网链接文章篇数：14610		在100篇中排名：75	

综合分值：4.69　　　　　　　　　总排名：34

章台路。还见褪粉梅梢，试花桃树①。愔愔坊陌人家②，定巢燕子，归来旧处。

黯凝伫。因念个人痴小，乍窥门户③。侵晨浅约宫黄④，障风映袖，盈盈笑语。

前度刘郎重到⑤，访邻寻里，

【注释】

①试花：谓花初放。②愔愔(yīn)：幽深、悄寂貌。坊陌：指妓女居处。③乍：初。门户：语意双关，指门口，亦指妓院。④约：涂上。宫黄：古时宫中妇女额上涂饰的黄粉，后泛指妇女额妆。⑤前度刘郎：词人自指。语出刘禹锡诗"种桃道士归何处，前度刘郎今又来"。又暗用东汉刘晨、阮肇天台山遇仙故事。

同时歌舞。唯有旧家秋娘⑥，声价如故。吟笺赋笔⑦，犹记燕台句⑧。知谁伴、名园露饮，东城闲步。事与孤鸿去⑨。探春尽是，伤离意绪。官柳低金缕⑩。归骑晚，纤纤池塘飞雨。断肠院落，一帘风絮。

⑥秋娘：杜秋娘，唐代金陵名妓。后为善歌貌美歌妓的通称。⑦吟笺赋笔：此指诗词作品。⑧燕（yān）台句：唐女柳枝听李商隐《燕台诗》，对李心生爱慕。但二人终未有结果。此指词人自己所写的曾为意中人赏识的作品。⑨"事与"句：言人事变迁。语出杜牧诗："恨与春草多，事与孤鸿去。"⑩官柳：官府种植的柳树，亦指大道上的柳树。金缕：喻指柳丝。

惜惜坊陌人家，定巢燕子，归来旧处。

排行解析

作为一首情词，这首《瑞龙吟》确如清人周济所说："不过桃花人面，旧曲翻新耳。"但周邦彦又能巧妙地运用时空转换之法，让情思穿行在过去和现在之间，将今昔之感写得沉郁顿挫、缠绵宛转。同时，又能情寓景中，如结尾之处写愁，即在一片凄迷之中，将怅然之情写尽。于是，很多人就把这首词看作周词的代表作。如俞平伯就说："此词《清真》、《片玉》各本俱列第一，当是压卷之作。"

在历史流传过程中，此词曾是各类读者追捧的对象。创作领域，它共被历代文人唱和 10 次，居唱和榜第十九位。批评领域，它以 22 次的评点数列评点榜第十五位。这两项成绩使其具备了较强的竞争力，并最终排在了宋词排行榜的第三十四位。选本入选榜上，虽然其总体排名不太理想，但宋代四大选本有 3 种选入，明代 22 种选本有 15 种选入，清代 21 种选本有 11 种选入，都超过了各代的平均入选数。可见，在古代大众读者中，这首词是广受欢迎的。这首词的影响，也主要在古代。

而到了现当代，这首词的声名却在逐渐下降。表现在：现当代 60 种选本仅有 17 利选入，低于百首名篇的同期平均入选率；当代网络上的链接数也仅 1 万余篇次，列第七十五位；研究专文只有 4 篇，排名第六十位。古今读者审美趣尚之不同，正可由此见出。

第35名

周邦彦

满庭芳

夏日溧水无想山作①

【排行指标】

历代选本入选次数：55	在100篇中排名：33
历代评点次数：24	在100篇中排名：8
唱和次数：5	在100篇中排名：37
当代研究文章篇数：6	在100篇中排名：54
互联网链接文章篇数：10050	在100篇中排名：85
综合分值：4.62	总排名：35

风老莺雏，雨肥梅子，午阴嘉树清圆。地卑山近，衣润费炉烟②。人静乌鸢自乐③，小桥外、新绿溅溅④。凭栏久，黄芦苦竹，拟泛九江船⑤。

年年。如社燕，飘流瀚海，来寄修椽。且莫思身外，长近尊前⑥。憔悴江南倦客，不堪听、急管繁弦。歌筵畔，先安簟枕，容我醉时眠。

【注释】

①溧（lì）水：今江苏溧水。无想山：山名，在溧水城南。②"地卑"二句：意谓因为近山，故衣服潮润，常需炉火、炉香烘熏。③"人静"句：语本杜甫诗"人静乌鸢乐"。鸢（yuān），老鹰。④新绿：指新涨的春水。溅溅（jiān）：水流声。⑤"黄芦"二句：白居易诗中有"黄芦苦竹绕宅生"句。九江，今江西九江。⑥"且莫"二句：化用杜甫"莫思身外无穷事，且尽生前有限杯"诗意。

这首《满庭芳》是周邦彦展示其填词才能的一首名作。它"多用唐人诗语,隐括入律",而又"浑然天成",不着痕迹。全词有六处化用了唐人诗句,只"风老莺雏,雨肥梅子,午阴嘉树清圆"三句,就隐括了唐代三位大诗人的诗句:杜牧《赴京初入汴口》的"风蒲燕雏老"、杜甫《陪郑广文游何将军山林》的"红绽

人静乌鸢自乐,小桥外、新绿溅溅。

雨肥梅"，以及刘禹锡《昼居池上亭独吟》的"日午树阴正"。这些诗句，作者信手拈来，略加点化，便成异彩。

这首词不但"字法俱灵"、"妙于语言"，还能以意融贯，"以意胜，不以词胜"，让历代不少文人为之俯首。

看排行数据，这确是一首相当吸引批评型读者的词作。仅《唐宋词汇评》所录，就有 24 次评点，列评点榜第八位，在各项指标中傲然挺出。能如此得历代批评型读者的青睐，其词坛声誉自然是不凡的。

其他四项指标中，除网络影响力较低外，其他各项成绩都还不错。首先，选本入选榜上，其以 55 次的入选数列第三十三位，超出总体排名两位，这说明，在普通大众读者中，它的知名度还是比较高的。其次，此词又在一定程度上被视为创作的范例，历代共有 5 人次追和，列单榜第三十七位。再次，相对于周邦彦其他名作在现当代普遍遭受冷遇的情况，这首词能有 6 篇研究专文发表，也算是比较难得的成绩。

第36名

欧阳修
踏莎行

【排行指标】

历代选本入选次数：67	在100篇中排名：13
历代评点次数：16	在100篇中排名：35
唱和次数：0	在100篇中排名：84
当代研究文章篇数：10	在100篇中排名：39
互联网链接文章篇数：33100	在100篇中排名：44

综合分值：4.56　　　　　　　**总排名：36**

　　候馆梅残①，溪桥柳细。草薰风暖摇征辔②。离愁渐远渐无穷，迢迢不断如春水。

　　寸寸柔肠，盈盈粉泪。楼高莫近危阑倚③。平芜尽处是春山④，行人更在春山外。

【注释】

①候馆：接待过往行旅和宾客的驿馆。②薰：古书上说的一种香草，亦可泛指花草的香气。③危阑：高楼上的栏杆。④平芜：草木丛生的原野。芜，乱草丛生的地方。

排行解析

　　这是一首抒写离别之情的名篇。刘永济考察说："此词之行者，当即作者本人。"其背景是："欧阳修因作书责高若讷不谏吕夷简排斥孔道辅、范仲淹诸人，被高将其书呈之政府，因而被贬为夷陵令。"

平芜尽处是春山，行人更在春山外。

一种相思，两处离愁，游子思妇，意远情悠。这首词所表现的深挚之情和高超的艺术手法，赢得了古今许多批评型读者的称赞。如吴梅就说："公词以此为最婉转。"作为欧阳修的代表作之一，此词既得好评又得热评。仅《唐宋词汇评》就录有 16 次评点，列评点榜第三十五位。另外，在 20世纪的研究榜上，此词也以 10 篇研究专文列第三十九位。古今批评型读者的高度关注，使得此词在词坛上始终保持着足够的影响力。

更重要的是，此词获得了古今选家的特别喜爱，共入选了古今 67 种选本，列入选榜第十三位。而且，在宋、元明、清、现当代各个不同历史时期，其入选数都在平均数之上，影响深广。

只是在历代唱和榜上，此词没有留下什么印迹，是一个不小的遗憾。

第37名

柳永
八声甘州

【排行指标】

历代选本入选次数：57	在100篇中排名：29
历代评点次数：13	在100篇中排名：50
唱和次数：4	在100篇中排名：46
当代研究文章篇数：15	在100篇中排名：31
互联网链接文章篇数：28200	在100篇中排名：53
综合分值：4.55	总排名：37

对潇潇暮雨洒江天①，一番洗清秋。渐霜风凄紧，关河冷落②，残照当楼。是处红衰翠减③，苒苒物华休④。惟有长江水，无语东流。

不忍登高临远，望故乡渺邈⑤，归思难收。叹年来踪迹，何事苦淹留⑥。想佳人、妆楼颙望⑦，误几回、天际识归舟⑧。争知我、倚阑干处⑨，正恁凝愁⑩。

【注释】

①潇潇：形容雨声、雨势急骤。
②关：关山，关塞。③是处：处处。
④苒苒：渐渐。物华：美好的自然景物。⑤渺邈：渺茫遥远。邈，遥远。⑥淹留：长期滞留。淹，久。⑦颙（yóng）望：凝望，痴望。颙，仰头而望。⑧"误几回"句：融合谢朓"天际识归舟"诗意，及温庭筠词"过尽千帆皆不是"句意。⑨争知：怎知。⑩恁：那么，如此。

排行解析

　　"凡有井水饮处，即能歌柳词。"毫无疑问，柳永词在宋代是受到大众读者普遍欢迎的。但这只是一个方面，在一些文人士大夫那里，却是另外一种样子。如李清照就说柳词"辞语尘下"，王灼也说柳词"浅近卑俗"，雅致度不够。即如这首《八声甘州》，虽然已大为雅化了，也还是没有得到文人雅士们的普遍认可。

　　排行数据也可以证实这一点。在选本入选项上，这首词仅入选了古代选本 45 种中的 14 种。特别是在元明时期，仅入选了 22 种中的 3 种；就连这一时期最为流行的《草堂诗余》系列选本，选了柳永的许多词，却也没有选这一首。

渐霜风凄紧，关河冷落，残照当楼。

　　不过，与柳词在文人评点与唱和方面几乎见不到踪迹的情形相比，这首词还是得到了古代文士们一定程度的关注。13 次评点和 4 次追和的成绩，分别排在了单榜的第五十位和第四十六位。排名虽然不是很靠前，但对于柳词来说，已经是相当难得了。尤其是文人评点中，就连曾经责怪秦观"学柳七作词"的苏轼，对词中"渐霜风凄紧，关河冷落，残照当楼"的描摹也连连首肯，说其"不减唐人高处"。

　　20 世纪以来，这首词的影响越来越大。新时代的研究型读者共发表了 15 篇研究专文，列单榜第三十一位。入选榜上，其影响也不小，57 次的入选总数中，43 次都来自于现当代，为此词最终排名三十七位立下了头功。如今，这首《八声甘州》早已是雅俗共赏的经典名篇了。

第38名

苏轼

江城子

乙卯正月二十日夜记梦①

【排行指标】

历代选本入选次数：40	在100篇中排名：64
历代评点次数：2	在100篇中排名：94
唱和次数：1	在100篇中排名：66
当代研究文章篇数：16	在100篇中排名：27
互联网链接文章篇数：159110	在100篇中排名：6
综合分值：4.41	总排名：38

十年生死两茫茫②。不思量。
自难忘。千里孤坟③，无处话凄凉。
纵使相逢应不识，尘满面，鬓如霜。

夜来幽梦忽还乡。小轩窗④。
正梳妆。相顾无言，惟有泪千行。
料得年年肠断处，明月夜，短松冈。

【注释】

①乙卯：指宋神宗熙宁八年
(1075)。②十年生死：苏轼妻
王弗于宋英宗治平二年 (1065)
去世，至熙宁八年，已整整十年。
③千里孤坟：王弗归葬故乡眉
州 (今四川眉山)。苏轼作此词
时在密州 (今山东诸城)，两地
相距甚远。④轩窗：窗户。轩，窗。

排行解析

夜来幽梦忽还乡。小轩窗。正梳妆。

这首悼亡词，是苏轼在妻子王弗去世十年后写的。

可这样一首在题材上具有开拓意义，又是大词人苏轼所写的极富感染力的言情作品，在历史的流传过程中，却长期遭受冷遇，几至湮没无闻。考察古代传播接受情况，几乎见不到它的影子。我们的视野所及，它只被明人唱和过1次，入选过清代2种选本，评点数为0。这大概是古代迂腐的观念所致的吧。

而进入20世纪后，随着人们观念的

改变，这首词终于焕发出了勃勃的生机，成为人们耳熟能详的经典作品。

　　首先，这首哀婉动人的悼亡词受到了研究者的格外青睐，研究榜上，其以 16 篇文章列单榜第二十七位。其次，评点榜上，虽然历代评点仅有 2 次，却都是现当代的。再次，在历代选本项上，相对于古代选家的普遍漠视，此词在现当代入选了 38 种选本，传播力度大大增加。最后，在 21 世纪的网络传播上，关于这首词的文章也可谓铺天盖地，以近 16 万次的链接数排在单榜的第六位。

　　正是在现当代读者的强力推动下，这首《江城子》一举成为宋词排行榜上第三十八位的经典作品。千年之后，这首词终于在现当代遇到了它的知音。

第39名

辛弃疾

青玉案

元夕①

【排行指标】

历代选本入选次数：38		在100篇中排名：67
历代评点次数：10		在100篇中排名：66
唱和次数：1		在100篇中排名：66
当代研究文章篇数：16		在100篇中排名：27
互联网链接文章篇数：81800		在100篇中排名：21

综合分值：4.38　　　　　　　　总排名：39

　　东风夜放花千树。更吹落、星如雨。宝马雕车香满路。凤箫声动②，玉壶光转③，一夜鱼龙舞④。

　　蛾儿雪柳黄金缕⑤。笑语盈盈暗香去。众里寻他千百度。蓦然回首⑥，那人却在，灯火阑珊处⑦。

【注释】

①元夕：农历正月十五为上元节，是夜称"元夕"。②凤箫：即排箫，由竹管排列组成，状参差如凤翼，故名。③玉壶：喻明月，亦喻玉雕的灯。④鱼龙：指鱼形、龙形花灯。⑤"蛾儿"句：蛾儿、雪柳、黄金缕，都是元夕妇女饰物。一说喻指"雪柳"垂下的柳丝。⑥蓦(mò)然：猛然。⑦阑珊：暗淡，零落。

　　这首"元夕"词，有佳句，有意境。词中不仅有元宵佳节的热闹，更有让千万读者为之动心的那一幕——"众里寻他千百度。蓦然回首，那人却在，灯火阑珊处"。

　　这一幕所融涵的意境不仅"高超"，是"佳境"，而且给读者留下了巨

众里寻他千百度。蓦然回首，那人却在，灯火阑珊处。

大的想象和感受空间，足以让人"别有会心"。其中，最有名的"别有会心"者，当属王国维。在《人间词话》中，王国维把此称为"古今之成大事业、大学问者"所必经过的三"境界"之一。

有赖于这一千古传诵的名句，整首词也闪耀出熠熠光辉。评点榜上，历代文人评点 10 次，就有 6 次与这一名句相关。王国维的解读，更是唤起了现当代读者的极大兴趣，使这首在古代并不太知名的词作受到了人们的极大关注。

细看排行指标，我们发现，这首词能荣登高位，与现当代读者密切相关。以古代读者为主体的唱和与评点榜上，此词的各项排名都在六十多位。选本入选项上，38 种入选选本中，宋金、元明、清三代也仅分别为 1 种、1 种和 5 种，比例相当小。而到了现当代，则有 31 种选本选录此词，与古代形成了巨大反差。同时，完全属于现当代读者的网络链接和研究论著两项，此词也分别以 8 万次和 16 篇次的成绩，名列单榜的第二十一和二十七位，为这首词赢得了相当大的影响力。最终，在现当代读者的高度关注下，这首词排在了宋词排行榜的第三十九位。

第40名

姜夔
齐天乐

【排行指标】

历代选本入选次数：35		在100篇中排名：75	
历代评点次数：27		在100篇中排名：7	
唱和次数：1		在100篇中排名：66	
当代研究文章篇数：3		在100篇中排名：70	
互联网链接文章篇数：25560		在100篇中排名：59	

综合分值：4.37   **总排名：40**

　　丙辰岁①，与张功父会饮张达可之堂②。闻屋壁间蟋蟀有声，功父约予同赋，以授歌者。功父先成，辞甚美。予徘徊茉莉花间，仰见秋月，顿起幽思，寻亦得此。蟋蟀，中都呼为促织③，善斗。好事者或以二三十万钱致一枚，镂象齿为楼观以贮之。

【注释】

①丙辰：指宋宁宗庆元二年（1196）。②张功父：即张镃，作者好友。张达可：不详。③中都：京都，此指南宋京城临安（今浙江杭州），或北宋故都汴京（今河南开封）。促织：蟋蟀别称。

庾郎先自吟愁赋④。凄凄更闻私语。露湿铜铺⑤，苔侵石井，都是曾听伊处。哀音似诉。正思妇无眠，起寻机杼⑥。曲曲屏山，夜凉独自甚情绪。

西窗又吹暗雨。为谁频断续，相和砧杵。候馆迎秋，离宫吊月⑦，别有伤心无数。《豳诗》漫与⑧。笑篱落呼灯，世间儿女。写入琴丝，一声声更苦⑨。

④庾郎：指南北朝文学家庾信。吟愁赋：庾信作有《愁赋》。⑤铺：铺首，旧式门上衔着门环的底座。⑥起寻机杼：与"促织"意相应。机杼，织梭。⑦离宫：帝王行宫。"离"字或暗示那些经历过国破流离的帝王之凄凉遭遇。⑧《豳（bīn）诗》：指《诗经·豳风·七月》。诗中有"十月蟋蟀入我床下"的叙写。漫与：犹言随便对付。⑨"写入"二句：词人自注："宣政间（按，指宋徽宗宣和、政和年间），有士大夫制《蟋蟀吟》。"

排行解析

这是一首别具一格的咏物词。

此词以咏蟋蟀为题，却能把文人墨客、游子思妇、迁客谪臣、帝王后妃等各类人串合在一起，在凄楚的蟋蟀声与人的孤吟声、机杼声、砧杵声、天真儿童的笑语声中，寄托无限的情思，达到了张炎所说的"所咏了然在目，且不留滞于物"的咏物至境。

历代批评型读者对这首词高超的咏物技巧和深情绵邈、寄托遥深的艺术表现极为赞赏，甚至达到了顶礼膜拜的程度。"绝唱"、"高绝"、"精绝"等耀眼词汇，就是"业内人士"给出的超常评语。排行榜上，历代评点多达 27 次，列评点榜第七位，远远超出其他各项指标，并一举奠定了此词跻身宋词百首名篇的坚实基础。

但评价中也有唱"反调"的。如清人陈锐在《襄碧斋词话》中就批评此词"捏造典故"（陈锐认为庾信没有《愁赋》传世），"铜铺"、"石井"、"候馆"、"离宫"等语也重复啰唆，"了不知其佳处"。陈锐之说固有不当处，但这首词的时空转换过多，用语过于晦涩，确实在很大程度上拉开了词作和读者、尤其是普通大众读者之间的距离，造成了其他排行指标的大幅度下降。看排行榜指标，权重最高、影响最大的选本入选项上，此词仅入选 35 次，排到了相当靠后的七十五位。即使在姜夔词大受推崇的清代，它也仅入选了 10 种选本，没有达到此期的平均入选数。这也是这首词最终只排在宋词排行榜第四十位的主要原因。

到了现当代，这首词的低迷状态也并没有多大改观，研究文章仅 3 篇，网络链接仅 2 万余次，分别列单榜的第七十和五十九位。看来，此词用语和表意晦涩所产生的副作用，乃是古今同一的。

宋词排行榜

第41名

辛弃疾

破阵子

为陈同甫赋壮词以寄之①

【排行指标】

历代选本入选次数：42	在100篇中排名：58
历代评点次数：5	在100篇中排名：87
唱和次数：0	在100篇中排名：84
当代研究文章篇数：28	在100篇中排名：11
互联网链接文章篇数：42400	在100篇中排名：38
综合分值：4.37	总排名：42

醉里挑灯看剑，梦回吹角连营②。八百里分麾下炙③，五十弦翻塞外声④。沙场秋点兵。

马作的卢飞快⑤，弓如霹雳弦惊。了却君王天下事⑥，赢得生前身后名。可怜白发生。

【注释】

①陈同甫：陈亮，字同甫，作者好友。②梦回：梦中回到。一说梦醒。③"八百里"句：指用酒食犒军。八百里，王恺有牛名八百里驳。一说，八百里指范围广大，军营连绵。麾下，部下。麾，古代指挥军队的旗子。④五十弦：指瑟。此泛指军乐。翻：弹拨，演奏。⑤的卢：额有白色斑点的骏马。⑥"了却"句：此指抗击金兵、收复中原之事。

排行解析

　　这是一首"沉雄悲壮，凌轹千古"的英雄悲歌。但直到清代中后期以后，它才逐渐引起人们的注意，并经过时间的洗礼，最终成为宋词中的经典名篇。

　　看排行指标，辛弃疾这首"壮词"在古代确实是湮没无闻的。宋代四大选本无一种选录此词，明、清两代也分别只入选了 1 种和 5 种选本。至于评点，本来就只有 5 次，古代也只 3 次，排在评点榜的第八十七位。属于古代创作型读者的唱和一项，则完全是空白，影响指数为 0。

　　而到了现当代，情形则大为改观。除选本入选 36 次，超出此期百首名篇 11 次的平均入选数外，研究论文也有 28 篇，排单榜第十一位。这样的成绩，确实令人刮目相看。当代互联网上，它的知名度也不低，网络链接数达到了 4 万余次，排单榜第三十八位，超过了《摸鱼儿》（更能消几番风雨）、《水龙吟·登建康赏心亭》等辛词传统名作。最终，此词排在了宋词排行榜的第四十二位，成为了宋词中的又一经典名篇。

第42名

秦观
千秋岁

【排行指标】

历代选本入选次数：36		在100篇中排名：73	
历代评点次数：16		在100篇中排名：35	
唱和次数：22		在100篇中排名：8	
当代研究文章篇数：4		在100篇中排名：60	
互联网链接文章篇数：91355		在100篇中排名：18	
综合分值：4.28		总排名：42	

水边沙外。城郭春寒退。花影乱，莺声碎。飘零疏酒盏，离别宽衣带①。人不见，碧云暮合空相对②。

忆昔西池会。鹓鹭同飞盖③。携手处，今谁在。日边清梦断④，镜里朱颜改。春去也，飞红万点愁如海。

【注释】

①"离别"句：化用"相去日已远，衣带日已缓"诗意。②"人不见"二句：化用江淹"日暮碧云合，佳人殊未来"诗意。③鹓(yuān)鹭：二鸟名，因其飞行有序，古时常用以比喻班行有序的朝官。飞盖：高高的车盖，亦指车。④日边：喻指京城。

绍圣元年（1094），宋哲宗亲政后起用新党，包括苏轼、秦观在内的一大批"元祐党人"纷纷被贬。这首词就是秦观被贬之后的作品。至于写作时地，有说是绍圣二年（1095）作于处州（浙江丽水），有说是绍圣三年（1096）作于湖南衡阳。

贬谪，是许多古代仕人的噩梦。秦观的不幸遭遇和痛苦体验引起了古代文士们的极大同情和强烈共鸣，唱和之作不绝如缕。黄庭坚就在秦观去世后的和词中写道："人已去，词空在。兔园高宴悄，虎观

人不见，碧云暮合空相对。

群英改。重感慨，波涛万顷珠沉海。"统计数据中，宋元明至清代顺康时期，一共有 22 首唱和之作，列单榜第八位，成绩斐然。

这首词在评点榜上也成绩不俗，历代共有 16 次评点，列单榜第三十五位。词人悲怆的身世遭际确实让人深为感慨，尤其是名句"飞红万点愁如海"所展示出的飒然凋零的绚烂之美，打动了古今无数读者。评点中，大部分都是赞赏此句的。

评点与唱和两项，基本上奠定了这首词的经典地位。当代互联网上，相关链接也达到了 9 万余次，列第十八位，使此词的影响进一步扩大。只因选本入选和研究文章项名次较为靠后，才使此词最终只排在宋词排行榜的第四十二位。

第43名

晏殊

浣溪沙

【排行指标】

历代选本入选次数：71	在100篇中排名：10
历代评点次数：9	在100篇中排名：73
唱和次数：0	在100篇中排名：84
当代研究文章篇数：14	在100篇中排名：32
互联网链接文章篇数：46500	在100篇中排名：33
综合分值：4.13	**总排名：43**

　　一曲新词酒一杯。去年天气旧亭台。夕阳西下几时回。

　　无可奈何花落去，似曾相识燕归来。小园香径独徘徊①。

【注释】

①香径：花间小路。

晏殊十四岁即以神童应试，赐同进士出身。他是一位才子，一位颇具感性的诗人，同时又一生游刃于官场，位至宰相，是一位相当理性的人。感性与理性交织融合，使他能以生动形象的文笔，在寻常的惜春情怀中寻出别具深味的人生哲理。如这首短小的《浣溪沙》词，就既有"无可奈何花落去"的惆怅，又有"似曾相识燕归来"的希冀，是无常与希望、怅然与欣慰相交织的人生乐章，可谓其"情中有思"的代表性作品。

看排行指标，这首融涵着哲理的小词赢得了古今选家的特别关注，历代共有 71 种选本选录此词，排单榜第十位，成绩斐然。20 世纪以来，无论是在研究型读者中，还是在网络大众读者中，它都有持续的影响力，分别以 14 篇专文和 4 万余次的链接数，列单榜的第三十二和三十三位。只可惜权重占 20% 的评点项上次数较低，唱和项又是空白，才使其名次最终跌出四十名之外。

但毫无疑问，这是一首知名度很高的宋词经典名篇。尤其是"无可奈何花落去，似曾相识燕归来"二名句，更是传唱不衰、流传千古。

第44名

陆游

卜算子

咏梅

【排行指标】

历代选本入选次数：46	在100篇中排名：48
历代评点次数：5	在100篇中排名：87
唱和次数：1	在100篇中排名：66
当代研究文章篇数：16	在100篇中排名：27
互联网链接文章篇数：97600	在100篇中排名：15

综合分值：4.12　　　　　　　　总排名：44

驿外断桥边，寂寞开无主。已是黄昏独自愁，更著风和雨①。

无意苦争春，一任群芳妒。零落成泥碾作尘，只有香如故。

【注释】

①著（zhuó）：加上。

驿外断桥边，寂寞开无主。

　　这首《卜算子》是咏梅词中的上品。它虽然篇幅短小、语言浅易，却能深传梅之风神。驿外桥边、黄昏风雨、无意争春、傲视群芳，百花之中，也就只有梅花可以配得上这样的描绘。尤其是词中"零落成泥碾作尘，只有香如故"二名句，确如明人卓人月所说的那样，可以让人想见梅花之"劲节"。唐圭璋也说："此首咏梅，取神不取貌，梅之高格劲节，皆能显志。"

　　不过，这首浅白易懂的言志作品在古代却并不被人看好，仅有评点 5 次、唱和 1 次、入选选本 7 次，成绩都不理想。

　　直到 20 世纪后，这首小词才受到了广泛关注。不论是研究型读者，还是普通大众读者，都对这首词赏爱有加。入选榜上，和古时默默无闻的情况截然不同，此词共入选了 39 种选本，超出此期百首名篇平均入选数 12 次。研究专文也有 16 篇，列单榜第二十七位。尤其是当代互联网上，其链接数更是达到了 9 万余次，列单项榜第十五位。最终，此词得以晋身宋词排行榜的第四十四位。

这株寂寞绽放在驿外断桥边、黄昏风雨中的梅花，在历经千年的岁月洗礼之后，终于在现当代遇到了真正的赏花人。

第45名

李清照
如梦令

【排行指标】

历代选本入选次数：18		在100篇中排名：99	
历代评点次数：0		在100篇中排名：99	
唱和次数：1		在100篇中排名：66	
当代研究文章篇数：23		在100篇中排名：15	
互联网链接文章篇数：50800		在100篇中排名：31	
综合分值：4.01		总排名：45	

常记溪亭日暮①。沉醉不知归路。兴尽晚回舟，误入藕花深处。争渡。争渡。惊起一滩鸥鹭。

【注释】

①溪亭：泛指溪边亭阁，或确指一名"溪亭"处。

排行解析

　　这首《如梦令》，记一次畅快的一日游。词仅三十三字，但日暮溪亭、藕塘鸥鹭，一片美景如在目前；开朗、活泼的少女形象也呼之欲出，青春气息弥漫纸上。如此抒写女子的自由与快乐，在古典诗词中是不多见的。

　　少女时代有这样的自由与快乐，确是李清照的幸运。但这种打破淑女风范的"出格"行为和淋漓表达，在古代却遭到了不少质疑。如明代的杨慎在编选《词林万选》时，就将它归于无名氏笔下；明代杨金刊本《草堂诗余》，又将它列为苏轼的作品。而且，元明以降以至 19 世纪末，这首词在流传过程中都是默默无闻的。

　　看排行指标，选本入选项

争渡。争渡。惊起一滩鸥鹭。

上，其在元明清三代总共才入选了 3 种选本。评点榜上，和另一首颇传闺阁风神而被历代文人追捧不已的《如梦令》（昨夜雨疏风骤）相比，不啻有天地之别，评点数竟然为 0。唱和榜上，它也只有孤零零的 1 次唱和。

所幸，到了 20 世纪，追求生活自由和个性解放的春风吹过古老的神州大地，这首《如梦令》才终于花蕾绽放，现出耀眼的光彩。入选榜上，共有 12 种选本选录此词；研究项上，共有 23 篇文章关注此词，从不同角度探讨其主题、风格与艺术，列单榜第十五位；当代互联网上，这首小词也是热门作品，链接文章超过 5 万篇次，排名第三十一位。

在现当代读者的强力推动下，这首小令终于成为宋词的百首名篇之一。在溪亭沉醉和藕塘争渡中荡漾开去的那份清爽与活力、自由与快乐，终于穿越时空，感染了无数的新时代读者。

第46名

李清照
念奴娇

【排行指标】

历代选本入选次数：42	在100篇中排名：58
历代评点次数：22	在100篇中排名：15
唱和次数：3	在100篇中排名：55
当代研究文章篇数：4	在100篇中排名：60
互联网链接文章篇数：24640	在100篇中排名：60
综合分值：3.98	**总排名：46**

【注释】

①险韵诗：用生僻难押字作韵脚的诗。②扶头酒：指易醉之酒。

　　萧条庭院，又斜风细雨，重门须闭。宠柳娇花寒食近，种种恼人天气。险韵诗成①，扶头酒醒②，别是闲滋味。征鸿过尽，万千心事难寄。

　　楼上几日春寒，帘垂四面，玉阑干慵倚。被冷香销新梦觉，不许愁人不起。清露晨流，新桐初引③，多少游春意。日高烟敛，更看今日晴未。

③"清露"二句：语出《世说新语·赏誉》："于时清露晨流，新桐初引。"初引，指枝叶初长。

排行解析

李清照的这首《念奴娇》能成为宋词经典名篇，主要是古代读者的功劳。

从统计数据看，20世纪的研究文章仅有4篇，当代网络链接数仅2万余次，都排在第六十位。选本入选一项，现当代也仅入选了17种选本，比百首宋词同期平均入选数低10次。历代文人的22次评点中，现当代也只有1次。综合这四项指标，此词在现当代的影响力是比较低的。而反观古代，除唱和次数较少，排名第五十五位外，其他各项指标和排名均比较突出。选本入选榜上，宋、元明时期分别入选了2种和17种选本，都在平均入选数之上，元明还超出平均入选数5次。评点榜上，其更是以22次评点列单榜第十五位，影响甚大，并成为此词得以荣登宋词排行榜第四十六位的主要因素。

这首词在古代也确实深得人们的赞赏。仅词中"宠柳娇花"一句就好评如潮。如宋人黄昇就赞曰："余谓此篇'宠柳娇花'之句亦甚奇俊，前此未有能道之者。"明人沈际飞也叹道："'宠柳娇花'，又是易安奇句。"至于整篇，也颇得古人的称赞。如沈际飞就说它"不效颦于汉魏，不学步于盛唐，应情而发，能通于人"，明代杨慎更认为它"情景兼至，名媛中自是第一"。

得古人如此之评赞，这首《念奴娇》能成为宋词名篇，就是很自然的事了。

第47名

张孝祥

念奴娇

过洞庭

【排行指标】

历代选本入选次数：46	在100篇中排名：48
历代评点次数：11	在100篇中排名：58
唱和次数：1	在100篇中排名：66
当代研究文章篇数：12	在100篇中排名：34
互联网链接文章篇数：27260	在100篇中排名：55
综合分值：3.92	总排名：47

　　洞庭青草①，近中秋、更无一点风色。玉鉴琼田三万顷，著我扁舟一叶②。素月分辉，明河共影，表里俱澄澈。悠然心会，妙处难与君说。

　　应念岭海经年③，孤光自照，肝胆皆冰雪。短发萧骚襟袖冷④，

【注释】

①洞庭青草：即洞庭湖和青草湖。青草湖在洞庭湖南，后二湖连为一体。②著(zhuó)：这里有放置、点缀的意思。③岭海经年：词人于乾道元年(1165)七月知静江府(治所在今广西桂林)兼广南西路经略安抚使，次年六月罢归，前后整一年。岭海，指两广地区，因在五岭之南并近海，故称。④萧骚：稀疏。

稳泛沧浪空阔⑤。尽吸西江，细斟北斗⑥，万象为宾客。扣舷独啸，不知今夕何夕⑦。

⑤沧浪：青苍色的水。⑥ "尽吸"二句：此化用宋释道原"待汝一口吸尽西江水"句意，与屈原"援北斗兮酌桂浆"诗意。西江，此指长江。⑦今夕何夕：语本《诗经·绸缪》："今夕何夕，见此良人。"后常用以赞叹良辰美景。

玉鉴琼田三万顷，
著我扁舟一叶。

排行解析

和苏轼一样，张孝祥是位天才型的词人。他不仅读书过目不忘，平常作词也"笔酣兴健，顷刻即成"。宋孝宗乾道元年（1165）七月，张孝祥远赴桂林，出任广南西路安抚使，颇有政绩。但到了第二年，他却受到诬陷，罢官北归。《于湖居士文集》卷十四《观月记》曰："余以八月之望过洞庭，天无纤云，月白如昼。沙（按指金沙堆，由湖沙堆积而成的小岛）当洞庭、青草之中，其高十仞，四环之水，近者犹数百里。余系舡其下，尽却童隶而登焉。"兴酣笔至，一曲传颂千古的《念奴娇》便产生了。

南宋魏了翁早就感叹这首词是张孝祥词中最为杰出的一首，他说："张于湖有英姿奇气，……洞庭所赋在集中最为特杰。"清人查礼也评赞道："《念奴娇·过洞庭》一解，最为世所称颂。"排行榜上，此词的影响指数在张孝祥词中也确是最高的。

统计的各项数据显示，这首词在古今各类读者中均有一定的影响。评点榜上，它虽然仅名列第五十八位，但自宋至清，文人们连续性的 11 次评点还是保证了其在历史传播过程中的影响力。不过，此词生命力的真正勃发还是在现当代。入选榜上，46 种选本中有 31 种来自现当代，超出百首宋词同期平均入选数 4 次。另外，此词还有 12 篇研究专文，列单榜第三十四位，也是不错的成绩。可见，这首词在现当代的传播是较为广泛的，其第四十七位的宋词排行榜排名也正是由现当代的读者奠定的。

第48名

陈与义

临江仙

夜登小阁忆洛中旧游①

【排行指标】

历代选本入选次数：54		在100篇中排名：34
历代评点次数：17		在100篇中排名：30
唱和次数：1		在100篇中排名：66
当代研究文章篇数：3		在100篇中排名：70
互联网链接文章篇数：13010		在100篇中排名：77
综合分值：3.89		**总排名：48**

　　忆昔午桥桥上饮②，坐中多是豪英。长沟流月去无声③。杏花疏影里，吹笛到天明。

　　二十余年如一梦④，此身虽在堪惊。闲登小阁看新晴。古今多少事，渔唱起三更。

【注释】

①洛中：指词人家乡洛阳。②午桥：在洛阳南。③长沟：长河。④二十余年：指北宋、南宋之交的沧桑岁月。

　　陈与义本以诗名世，为江西诗派"三宗"之一。其以余力作词，存词虽不多，仅十余首，却能自具面目。宋词百首名篇中，就有他的这首《临江仙》，且排在了较为靠前的第四十八位。

　　此词向来口碑颇佳。宋代著名的词论家胡仔就说："《简斋集》后载数词，惟此词最优。"清人陈廷焯也极力赞赏说："'长沟流月'七字警绝；'杏花'二语自然流出，若不关人力者；'古今'二语，有多少感慨！情景兼到，骨韵苍凉，下字亦警绝。"清人许昂霄甚至还称此词为"无容拾袭"的"神到之作"。其折服于人的程度，由此可知。

　　表现在统计数据中，此词历代共有 17 次评点，列单榜第三十位。选本入选榜上，其共入选了 54 种选本，列单榜第三十四位。点评、入选两项，权重最高，这无疑为此词入选百首名篇奠定了坚实的基础。虽然其他三项均名列六十位之后，影响不是很大，但也通过各自的方式，努力把此词存留在了人们的视线中。

第49名

柳永
望海潮

【排行指标】

历代选本入选次数：62		在100篇中排名：24
历代评点次数：5		在100篇中排名：88
唱和次数：4		在100篇中排名：46
当代研究文章篇数：14		在100篇中排名：32
互联网链接文章篇数：31600		在100篇中排名：46

综合分值：3.88   **总排名：49**

东南形胜①，三吴都会②，钱塘自古繁华③。烟柳画桥，风帘翠幕，参差十万人家。云树绕堤沙。怒涛卷霜雪，天堑无涯。市列珠玑④，户盈罗绮⑤，竞豪奢。

重湖叠巘清嘉⑥。有三秋桂子，十里荷花。羌管弄晴，菱歌泛夜，

【注释】

①形胜：位置优越、山川胜美之地。②三吴：此泛指长江下游一带。③钱塘：即杭州。④玑：不圆的珠子。⑤罗：质地稀疏的丝织品。绮：有花纹或图案的丝织品。⑥重湖：西湖以白堤为界分里湖、外湖，故称。巘（yǎn）：山峰。

嬉嬉钓叟莲娃。千骑拥高牙⑦。乘醉听箫鼓，吟赏烟霞。异日图将好景⑧，归去凤池夸⑨。

⑦牙：牙旗，旗竿上饰有象牙的大旗。多为主将、主帅所建，亦可用作仪仗。此借指显要官员。⑧图将：画下来。⑨凤池：凤凰池，古时对中书省的美称。此代指朝廷。

排行解析

这是一首描写北宋名城杭州的著名词章。

词中，柳永用他的才子词笔，几乎将杭州的富庶、繁华与美丽渲染到了极致，以致百余年后，金主完颜亮闻听此词，竟"欣然有慕于'三秋桂子，

东南形胜，三吴都会，钱塘自古繁华。

十里荷花'，遂起投鞭渡江之志"。这虽然只是一种传说，但也足以证明这首词的传播之广、魅力之大。

事实上，这首词不仅在宋代轰动一时，千百年来，其生命力始终就没有衰减过，称其为流传千古的名篇，是一点不为过的。数据显示，在入选榜上，此词名列第二十四位，共入选了 62 种古今选本。其中，明代入选了 17 种，现当代入选了 39 种，分别超出百首名篇同期平均入选数的 5 次和 12 次。当代传播网络上，其链接数也达到了 3 万余次，列单榜第四十六位。可见，这首词在大众读者中确实有着广泛的影响力。同时，现当代研究型读者对它也颇为关注，共有 14 篇专文发表，列单榜第三十二位，使其综合实力进一步得到加强。

与柳永同时的范缜曾叹赏曰："仁庙（仁宗）四十二年太平，吾身为史官二十年，不能赞述，而耆卿能尽形容之。"稍后的状元黄裳也说："予观柳氏乐章，喜其能道嘉祐中太平气象，如观杜甫诗，典雅文华，无所不有。"可见，审美价值之外，柳永的这类词还有着珍贵的历史价值。称其为"词史"，大概是不为过的。

第50名

辛弃疾
贺新郎

【排行指标】

历代选本入选次数：34	在100篇中排名：78
历代评点次数：20	在100篇中排名：24
唱和次数：0	在100篇中排名：84
当代研究文章篇数：17	在100篇中排名：23
互联网链接文章篇数：8340	在100篇中排名：96
综合分值：3.88	总排名：50

别茂嘉十二弟①。鹈鴃、杜鹃实两种，见《离骚补注》②。

绿树听鹈鴃。更那堪、鹧鸪声住，杜鹃声切。啼到春归无寻处，苦恨芳菲都歇③。算未抵、人间离别。马上琵琶关塞黑，更长门、翠辇辞

【注释】

①茂嘉：词人族弟，事迹不详。
②《离骚补注》：宋洪兴祖著，有"子规、鹈鴃(tí jué)二物也"语。二鸟皆啼声悲切。③"啼到"二句：化用屈原"恐鹈鴃之先鸣兮，使夫百草为之不芳"诗意。

金阙④。看燕燕，送归妾⑤。

将军百战身名裂⑥。向河梁、回头万里，故人长绝⑦。易水萧萧西风冷，满座衣冠似雪。正壮士、悲歌未彻⑧。啼鸟还知如许恨，料不啼清泪长啼血⑨。谁共我，醉明月。

④"马上"二句：用西汉王昭君出塞远嫁匈奴事。⑤"看燕燕"二句：典出《诗经·燕燕》："燕燕于飞，差池其羽。之子于归，远送于野。"旧注此诗写春秋时卫庄公夫人庄姜送庄公妾戴妫返陈国。⑥"将军"句：汉代李陵多次战胜匈奴，但最后一次战败投降，终至身败名裂。⑦"向河梁"二句：李陵降后与汉使苏武相别，有"异域之人，一别长绝"语及"携手上河梁，游子暮何之"赠诗。故人，指苏武。⑧"易水"三句：用荆轲刺秦王与燕太子丹等别于易水事。时人皆白衣冠而送之，荆轲有"风萧萧兮易水寒，壮士一去兮不复还"诗句。彻，完结。⑨"啼鸟"二句：蜀王杜宇逊位离国。其魂化为杜鹃，日夜悲鸣，至于啼血。

排行解析

辛弃疾不愧是大手笔，往往能独辟蹊径，写出不同寻常的词来。这首《贺新郎》就是这样一首"不主故常"的经典之作。

此词作于辛弃疾罢官闲居江西铅山时，乃为赠别其族弟辛茂嘉而作。整首词紧扣离恨主题，将古今四海之事揽于一篇之内，不管是叙事还是抒情，全都用典故联缀，以抒写其深重悲壮之慨。这样的词，在宋词中是不多见的。

再从其用韵情况来看，"切""歇""绝""彻"等韵字皆为入声，促节切响，声如裂帛，使此词很好地达到了声情并生的艺术效果。

正是这样的奇妙手法和独特风格，赢得了古今批评研究型读者的广泛关注。历代评点中，仅《唐宋词汇评》就收录了20次，列单榜第二十四位。有评点者甚至认为，这首词是辛词中最好的作品。如清人陈廷焯就说："稼轩词自以《贺新郎》一篇为冠，沉郁苍凉，跳跃动荡，古今无此笔力。"20世纪的研究成果中，也有17篇专文从用典、章法、情感特色等方面讨论此词，列单榜第二十三位。有此二

谁共我，醉明月。

项成绩作为支撑，此词最终得以晋身宋词百首名篇的前五十名。

　　然而，这样不具常格的词，一般词人效仿起来是比较困难的。即如王国维所说："稼轩《贺新郎》词'送茂嘉十二弟'，章法绝妙，且语语有境界，此能品而几于神者。然非有意为之，故后人不能学也。"故此，其在唱和榜上的成绩为 0。同时，此词整篇几乎全用典故联缀，也不可避免会拉大作品和普通大众读者之间的距离。因而，其在选本项中的影响也比较小，仅入选了古今 34 种选本，列单榜第七十八位。相应地，在当代大众传播媒介的主要渠道——互联网上，这首词的链接数也比较低，仅名列第九十六位。

　　看来，这首词在雅俗共赏方面，还是有所欠缺的。而宋词百首名篇的各具特色，也正由此可以见出。

第51名

周邦彦

花 犯

梅花

【排行指标】

历代选本入选次数：43	在100篇中排名：57
历代评点次数：17	在100篇中排名：30
唱和次数：8	在100篇中排名：24
当代研究文章篇数：1	在100篇中排名：84
互联网链接文章篇数：10850	在100篇中排名：83
综合分值：3.86	**总排名：51**

粉墙低，梅花照眼，依然旧风
味。露痕轻缀。疑净洗铅华，无限
佳丽。去年胜赏曾孤倚。冰盘同燕
喜①。更可惜、雪中高树，香篝熏
素被②。

　　今年对花最匆匆，相逢似有恨，
依依愁悴。吟望久，青苔上、旋看

【注释】

①"冰盘"句：指喜欢以梅子
进酒。冰盘，指白瓷果盘。燕，
同"宴"。②"香篝(gōu)"句：
谓梅如熏笼，雪如白被，雪覆
梅上，如香熏被。篝，熏笼。

飞坠。相将见、脆丸荐酒③，人正在、空江烟浪里。但梦想、一枝潇洒，黄昏斜照水④。

③相将：行将。脆丸：指梅子。荐：献。④"黄昏"句：化用林逋"疏影横斜水清浅，暗香浮动月黄昏"诗意。

粉墙低，梅花照眼，依然旧风味。

排行解析

　　这首《花犯》，也是宋代咏梅词中的名篇，当是词人三十多岁宦游安徽、江苏时所作。

　　和别的咏梅词不同，此词中的梅花形象随抒情主人公的思绪，在"现在——过去——现在——将来"的时间链条上纡绕变幻，呈现出不同的姿态。过去的梅，冰雪中漾溢着清香；眼前的梅，净洗铅华，因离情而愁悴依依，黯然凋谢；幻想中的将来的梅，则已成青圆梅子。词作藉梅花而抒写仕宦情怀，在时空流转的回忆与想象中，羁旅宦游的感受、人生聚合的情态彰显无遗。

　　看排行指标，其历代评点 17 次，排名第三十位，这是此词能位列宋词排行榜第五十一位的最为关键的因素。当然，8 次唱和，排名第二十四位，助推作用也不小。另外，这首词也是古代词选家眼中的宠儿。虽然历代选本入选总数仅 43 次，排名第五十七位，但宋、元明、清三代的入选次数都在同期平均入选数之上。尤其在宋、元明时期，其分别以 3 次和 21 次的成绩荣获同期入选榜冠军，影响甚大。

　　但 20 世纪以来，也许是精工典丽的风格和折转回环的抒情方式不再受到读者的特别喜爱，这首词的影响力逐渐下降，现当代文章研究和互联网链接两项，都排名在八十位之后。这也是周邦彦词在百篇榜中入选篇数最多（共 15 篇），而排名都不太靠前（最前的《兰陵王·柳》也仅列第十九位）的根本原因。

第52名

李清照
武陵春

【排行指标】

历代选本入选次数：54	在100篇中排名：34
历代评点次数：15	在100篇中排名：39
唱和次数：6	在100篇中排名：33
当代研究文章篇数：8	在100篇中排名：48
互联网链接文章篇数：47000	在100篇中排名：32

综合分值：3.86　　　　　　　总排名：52

风住尘香花已尽，日晚倦梳头。物是人非事事休。欲语泪先流。

闻说双溪春尚好①，也拟泛轻舟。只恐双溪舴艋舟②。载不动、许多愁。

【注释】

①双溪：水名，在今浙江金华城南，一曰东港，一曰南港。于城下汇合。②舴艋（zé měng）：小船。

排行解析

这首《武陵春》作于宋高宗绍兴五年（1135）春，距北宋灭亡已近十年。李清照此年整五十岁，避难于浙江金华，她的丈夫赵明诚已去世六年。当又一个春天即将逝去的时候，李清照悲不能已，写下了这首凄婉怆痛的词作。从"物是人非事事休，欲语泪先流"及"只恐双溪舴艋舟，载不动、许多愁"的描写中，我们可以感受到，词人的这种怆痛到了何种地步。

但让人意想不到的是，李清照的这首自抒悲怀的醇雅之作却招致了后

风住尘香花已尽，日晚倦梳头。

人、特别是明人的许多非议。非议的缘由，乃是李清照的所谓改嫁事。张
綖就说，词里"物是人非事事休"指的就是此事，这样的词"不足录"；
叶盛则更认为李清照改嫁是其父亲和丈夫的"不幸"，说"文叔（李格非）
不幸有此女，德夫（赵明诚）不幸有此妇"，因而这样的词"宜讥千古"。

　　当然，更多的人还是从此词深沉悲怆的情感中读出了李、赵二人的伉
俪情深，坚信李清照没有改嫁，并对这首词赞赏有加。如清人吴衡照就说：
"易安《武陵春》，其作于祭湖州（指赵明诚）以后欤？悲深婉笃，犹令人
感伉俪之重。"陈廷焯更直接否认李清照再嫁之事，说这首词"又凄婉，
又劲直"，"观此，欲信无再适张汝舟事"。从传播接受的角度看，这种是
非之争倒在一定程度上扩大了此词的知名度。历代评点15次，就有不少
是关于这方面的争辩。评点项第三十九位及选本项第三十四位的成绩，是
决定这首词总体排名的关键因素。

　　综观各项指标，这首词没有哪一项特别突出，也没有哪一项特别落后，
均排名三十至五十位之间。这也使得这首词的总体排名处于中游位置，名
列宋词排行榜的第五十二位。

第53名

辛弃疾

西江月

夜行黄沙道中①

【排行指标】

历代选本入选次数：34		在100篇中排名：78	
历代评点次数：2		在100篇中排名：94	
唱和次数：1		在100篇中排名：66	
当代研究文章篇数：26		在100篇中排名：13	
互联网链接文章篇数：45400		在100篇中排名：35	

综合分值：3.81　　　　　　　　**总排名：53**

明月别枝惊鹊②，清风半夜鸣蝉。稻花香里说丰年。听取蛙声一片。

七八个星天外，两三点雨山前。旧时茅店社林边③。路转溪桥忽见。

【注释】

①黄沙：即黄沙岭，在江西上饶西，距词人闲居的带湖不远。

②别枝：斜出的树枝。③社林：土地庙旁的树林。社，土神，此指祭祀土神的庙宇。

排行解析

　　金戈铁马的雄心高调、吞吐八荒的悲歌慷慨、英雄失路的抑郁悲怆，是辛弃疾词固有的特色。而这首《西江月》则轻快、活泼，充满着浓郁的乡土气息，可称辛词中的"别调"。

　　也许是辛弃疾的英雄之词过于强势，这首风格迥异的小词在很长时间内并不为人所关注。看排行数据，在古代读者那里，这首词的影响微乎其微。唱和榜上，仅被唱和 1 次，排名第六十六位；评点榜上，仅被评点 2 次，排名第九十四位。

　　而 20 世纪以来，情形则大为改观。首先，词中所描绘的乡村画卷吸引了众多研究者的目光，共有 26 篇专文发表，列单榜第十三位。其次，选本入选 31 次，与从宋至清一共才入选 3 次的情况相比，可说有天壤之别。再次，当代互联网上，此词也以 4.5 万次的链接数排名第三十五位，远远高出其总体排名。可见，随着时间的推移，这首小词的影响力是越来越大、生命力也越来越旺盛了。

第54名

晏几道

鹧鸪天

【排行指标】

历代选本入选次数：63	在100篇中排名：31
历代评点次数：10	在100篇中排名：66
唱和次数：2	在100篇中排名：63
当代研究文章篇数：10	在100篇中排名：39
互联网链接文章篇数：22590	在100篇中排名：63
综合分值：3.78	总排名：54

彩袖殷勤捧玉钟①。当年拚却醉颜红②。舞低杨柳楼心月，歌尽桃花扇底风③。

从别后，忆相逢。几回魂梦与君同。今宵剩把银釭照，犹恐相逢是梦中④。

【注释】

①彩袖:指身着彩衣的歌女。钟:酒器。②拚（pàn）却:舍弃,不顾惜。③桃花扇:绘有桃花的歌扇。④"今宵"二句:化用杜甫《羌村三首》"夜阑更秉烛,相对如梦寐"诗意。剩,更,更加。釭（gāng）,油灯。

　　晏几道是一位落魄的贵公子，又是一位才华横溢、性情率真的痴绝之人。黄庭坚曾评价他有"四痴"："叔原，固人英也。其痴亦自绝人，……仕宦连蹇，而不能一傍贵人之门，是一痴也；论文自有体，不肯一作新进士语，此又一痴也；费资千百万，家人寒饥而面有孺子之色，此又一痴也；人百负之而不恨，己信人，终不疑其欺己，此又一痴也。"

　　其人痴，其词亦痴。这首《鹧鸪天》，就是一首痴情词。正如陈廷焯所评："一片深情，低回往复，真不厌百回读也。言情之作，至斯已极。"

　　宋代以来，这首词一直是选家钟爱的名作之一，也是晏几道现存二百余首词作中入选选本最多的一首。入选榜上，它以 63 次的入选数排在单

舞低杨柳楼心月，歌尽桃花扇底风。

榜第二十一位，非常引人注目。元明、清和现当代，入选率都在百首宋词同期平均水平之上，为其成为经典名篇打下了坚实的基础。与此相呼应，20世纪的研究型读者也对此词关注颇多，共有10篇研究专文发表，列单榜第三十九位。另外，历代文人的唱和、评点和当代网络链接三项，也都排名六十几位，均有一定的影响。综合各项指标，这首词最终排在了宋词排行榜的第五十四位。

　　"痴"人已逝，"痴"词犹存，流传千载不衰，终成经典名篇。

第55名

苏轼
贺新郎
夏景

【排行指标】

历代选本入选次数：47		在100篇中排名：45	
历代评点次数：13		在100篇中排名：50	
唱和次数：8		在100篇中排名：24	
当代研究文章篇数：8		在100篇中排名：48	
互联网链接文章篇数：25630		在100篇中排名：58	

综合分值：3.78　　　　　　　**总排名：55**

乳燕飞华屋。悄无人、桐阴转午，晚凉新浴。手弄生绡白团扇，扇手一时似玉①。渐困倚、孤眠清熟。帘外谁来推绣户，枉教人、梦断瑶台曲②。又却是、风敲竹。

石榴半吐红巾蹙③。待浮花、浪蕊都尽④，伴君幽独。秾艳一枝

【注释】

①"扇手"句：意谓扇、手融一，皆似玉色。典出《世说新语·容止》：王衍手持白玉柄麈尾，与手全无分别。②瑶台：雕饰华丽的楼台。又指传说中的神仙之居。此指梦中仙境。曲：幽僻处。③"石榴"句：谓石榴花半开，花瓣就像红巾折皱起来的样子。化用白居易"山榴花似结红巾"诗意。蹙，皱。④浮花、浪蕊：指春天争奇斗艳的俗常之花。语本韩愈诗"浮花浪蕊镇长有"。

细看取⑤，芳心千重似束。又恐被、西风惊绿。若待得君来向此，花前对酒不忍触。共粉泪，两簌簌④。

⑤秾：繁盛。取：语助词，无实意。
⑥簌簌：纷然下落貌，亦拟声。

排行解析

　　这首《贺新郎》，是苏轼婉约词中的名篇。其以婉曲动人的词笔、艳

手弄生绡白团扇，扇手一时似玉。

冶绝伦的形象，发抒深沉的身世悲感，颇为引人注目。苏轼一生坚持自己的政治主张和人格独立，虽几经贬谪，但始终卓然自立，葆有一份幽独情怀，一如这首词中的美人和榴花。

　　这首融榴花、美人与词人情怀为一体的词作之所以能成为宋词百首名篇之一，主要得力于古代读者和现当代批评型读者的关注。唱和榜上，共有 8 次唱和，列单榜第二十四位，说明其在古代创作型读者中影响甚大。而古代文人的 13 次评点、20 世纪的 8 篇研究论文，又说明不论古今，其在批评研究型读者中都享有一定的声誉。至于选本入选项，入选的历代 47 种选本中，37 种是古代选本，说明它在古代词选家和大众读者中也有不俗的影响。至于现当代的大众读者，不论是选本的入选数，还是当代的网络影响力，都要低得多。

　　所以，从一定程度上来说，这首《贺新郎》实际上是古代读者和现当代批评型读者造就的名篇。

蝴蝶小扇

宋词排行榜

第56名

苏轼

洞仙歌

【排行指标】

历代选本入选次数：44		在100篇中排名：54
历代评点次数：12		在100篇中排名：55
唱和次数：9		在100篇中排名：21
当代研究文章篇数：2		在100篇中排名：74
互联网链接文章篇数：55200		在100篇中排名：29
综合分值：3.73		总排名：56

仆七岁时，见眉山老尼①，姓朱，忘其名，年九十余。自言尝随其师入蜀主孟昶宫中②。一日大热，蜀主与花蕊夫人夜起避暑摩诃池上③，作一词。朱具能记之。今四十年，朱已死，人无知此词者。但记其首两句。暇日寻味，岂《洞

【注释】

①眉山：作者家乡，今四川眉山东坡区。②孟昶（chǎng）：五代时后蜀后主，能填词，知音律，在位三十一年，后降宋亡国。③花蕊夫人：孟昶宠妃。徐国璋女，拜贵妃，别号花蕊夫人。摩诃池：后蜀宫池，在宣华苑内。摩诃，梵语，兼有大、多、美等义。

仙歌令》乎？乃为足之。

④欹（qī）枕：斜倚枕上。欹，倾斜。⑤"金波"句：谓夜深。金波，喻月光。玉绳，星名，北斗斗柄末二星。

　　冰肌玉骨，自清凉无汗。水殿风来暗香满。绣帘开、一点明月窥人，人未寝、欹枕钗横鬓乱④。

　　起来携素手，庭户无声，时见疏星渡河汉。试问夜如何，夜已三更，金波淡、玉绳低转⑤。但屈指、西风几时来，又不道、流年暗中偷换。

起来携素手，庭户无声，时见疏星渡河汉。

排行解析

这首词作于苏轼贬居黄州时。从词前小序可知，此词是接后蜀国君孟昶词的首两句，据孟昶与其宠妃花蕊夫人当年摩诃池上纳凉之事续写而成。至于续写之由，或许如宋人所说，是"托花蕊以自解耳"。但苏轼的《秋怀》诗应当是其所托之意的最好注解，诗曰："苦热念西风，常恐来无时。及兹遂凄凛，又作徂年悲。"

比起诗作的直白议论来，此词则"风流超逸"、"人境双绝"、宛转流丽，不但深具要眇宜修之美质，而且蕴含着深刻的人生哲理，确是宋词中的经典名篇。事实上，胡仔早就指出这首词是苏词中的"杰出者"，是一首"绝去笔墨畦径间，直造古人不到处，真可使人一唱而三叹"的"佳词"。

看排行指标，在权重最大的入选项上，此词以 44 次的入选数排在单榜的第五十四位。历代文人也对其投入了较多的关注，仅《唐宋词汇评》就收录了 12 次评点，列评点榜第五十五位。另外，其在文人唱和与当代网络上的影响也不小，分别列单榜的第二十一和二十九位，在一定程度上提升了这首词的综合实力。但由于唱和的影响范围有限，当代网络的影响时间又短，加之 20 世纪的研究文章又不多，致使这首词最终只排在宋词排行榜的第五十六位。

第57名

苏轼

蝶恋花

【排行指标】

历代选本入选次数：44		在100篇中排名：54	
历代评点次数：9		在100篇中排名：73	
唱和次数：5		在100篇中排名：37	
当代研究文章篇数：8		在100篇中排名：48	
互联网链接文章篇数：71200		在100篇中排名：23	

综合分值：3.71　　　　　　　　　　总排名：57

　　花褪残红青杏小。燕子飞时，绿水人家绕。枝上柳绵吹又少①。天涯何处无芳草。

　　墙里秋千墙外道。墙外行人，墙里佳人笑。笑渐不闻声渐悄。多情却被无情恼。

【注释】

①柳绵：即柳絮。

排行解析

　　苏轼五十八岁被贬惠州时，身边姬妾只有王朝云相随。据说苏轼常让朝云唱这首《蝶恋花》，而朝云每每唱到"枝上柳绵吹又少，天涯何处无芳草"二句时，都会为之泣下沾襟。这首词确实凄婉多情，即使比起婉约大家柳永的作品来，也恐"屯田缘情绮靡，未必能过"。苏轼不愧是词坛

枝上柳绵吹又少。天涯
何处无芳草。

名家，作豪放词自能"指出向上一路，新天下耳目"，作婉约词也同样可以动人心弦。尤其是词中"枝上柳绵"句，更被人称赞为"奇情四溢"的奇句。

从排行数据来看，这首词在各类读者中都有较大的影响，且影响力有不断上升的趋势。批评型读者中，历代文人共有评点 9 次，列单榜第七十三位；现当代研究者共贡献文章 8 篇，列单榜第四十八位。大众读者中，选本入选一项，古今共有 44 种选本选录此词，排名第五十四位；当代互联网上，其更以 7 万余次的链接数排名第二十三位。所有这些，都有效地提升了此词的综合影响力。

第58名

李清照
永遇乐

【排行指标】

历代选本入选次数：41	在100篇中排名：62
历代评点次数：8	在100篇中排名：79
唱和次数：3	在100篇中排名：55
当代研究文章篇数：18	在100篇中排名：21
互联网链接文章篇数：22519	在100篇中排名：64
综合分值：3.68	总排名：58

落日镕金，暮云合璧，人在何处。染柳烟浓，吹梅笛怨①，春意知几许。元宵佳节，融和天气，次第岂无风雨②。来相召、香车宝马，谢他酒朋诗侣。

中州盛日③，闺门多暇，记得偏重三五④。铺翠冠儿⑤，捻金雪

【注释】

①吹梅笛怨：笛子吹奏出《梅花落》的曲调。梅，即《梅花落》，汉乐府横吹曲名，曲调哀怨。②次第：顷刻，转眼。③中州：这里指北宋都城汴京。④三五：此指正月十五上元节。⑤铺翠冠儿：用翡翠或翠羽装饰的女式帽子。

柳⑥，簇带争济楚⑦。如今憔悴，风鬟霜鬓⑧，怕见夜间出去⑨。不如向、帘儿底下，听人笑语。

⑥捻金雪柳：制作材料中嵌入了彩色绢纸或金色丝线的雪柳饰物。⑦簇带：插戴。济楚：整齐，漂亮。⑧风鬟霜鬓：发髻蓬乱花白。⑨怕见：怕得或懒得。

排行解析

李清照晚年寓居临安时写的这首《永遇乐》，饱含着无限的故国之思和身世之感。其情感之深沉悲怆，足可动人心魄。南宋末词人刘辰翁读到这首词时，就禁不住潸然泪下，先后写了两首词追和。

时光流逝，斗转星移，当历史的车轮驶入 20 世纪的时候，词中无比沉痛的故国之思再次引起了人们的关注。研究榜上，此词共有 18 篇文章发表，列单榜第二十一位。五项指标

染柳烟浓，吹梅笛怨，春意知几许。

中，此项成绩最为突出，排名也最为靠前。入选榜上，虽然总共只入选了41种古今选本，排名第六十二位，但现当代却有39次入选，超出百首名篇同期平均入选数13次。与宋金、元明、清只分别入选1次、0次和1次的情形相比，反差极大。可以说，20世纪以来，这首词不论在大众读者还是在研究型读者中，都有着足够的影响力，对于此词最终入选百篇榜起到了至关重要的作用。

至于古代文人的评点，虽然次数不多，评价却很高，也为这首词的传播起了积极作用。如宋人张端义就盛赞其描摹"工致"，"气象"好，又手法高超，能"以寻常语度入音律"。

第59名

辛弃疾

念奴娇

书东流村壁①

【排行指标】

历代选本入选次数：42	在100篇中排名：58
历代评点次数：15	在100篇中排名：39
唱和次数：6	在100篇中排名：33
当代研究文章篇数：4	在100篇中排名：60
互联网链接文章篇数：14670	在100篇中排名：74

综合分值：3.61   **总排名：59**

野塘花落，又匆匆、过了清明时节。划地东风欺客梦②，一枕云屏寒怯。曲岸持觞③，垂杨系马，此地曾经别。楼空人去，旧游飞燕能说。

闻道绮陌东头④，行人曾见，帘底纤纤月⑤。旧恨春江流不尽，

【注释】

①东流：指池州东流县，在今安徽池州东至县东流镇。②划(chǎn)地：无端，平白地。③觞(shāng)：古代称酒杯。④绮陌：繁华的街道。绮，有花纹或图案的丝织品。⑤纤纤月：喻美人纤足，此借指美人。

新恨云山千叠。料得明朝，尊前重见，镜里花难折。也应惊问，
近来多少华发。

旧恨春江流不尽，新恨云山千叠。

宋孝宗淳熙五年（1178），辛弃疾从江西调往临安任职，中途经过安徽池州东流县时写下此词。据说，这首词是词人怀念当地相知的一位女子的，用以表达自己的思念之情和沧桑之感。中国文学向来有"香草美人"的表现手法，因而不少人认为此词别有寄托，乃是抒写国土沦丧、久未恢复的一腔幽愤。

正是对此词主题的关注，使得其在评点榜上较有影响。历代文人评点共15次，列单榜第三十九位。在古代创作型读者那里，这首词的影响也较大，共被唱和6次，排单榜第三十三位。同时，古代选家对此词也青睐有加，入选的古代选本，宋代有2种，元明有19种，清代有11种，均在百首宋词同期平均入选数之上。

但进入20世纪后，这首词的影响力却在下降。入选榜上，古今42种入选选本仅有10种来自现当代，比此期平均入选数少了17次。20世纪的研究型读者对此词的关注也不够，仅有4篇论文，列单榜第六十位。同时，当代网络的链接数也不高，还不足1.5万次，只名列第七十四位。

可见，这首词能成为宋词经典名篇的第五十九名，主要是得力于其在古代的影响。也许，在主张"词须宛转绵丽，浅至儇俏，挟春月烟花于闺帏内奏之"的明代，客途遇艳、美人英雄的故事总能引起人们莫大的兴趣；在提倡"义有隐幽"的清代，又有不少读者从此词的悲凉慷慨之气中感知到某种寄托之意。而到了现当代，大放光彩的主要是辛弃疾那些"大声镗鞳，小声铿鍧，横绝六合，扫空万古"的英雄之词，那些"不在小晏、秦郎之下"的"秾纤绵密"之作自然就会减色不少。

宋词排行榜

第60名

苏轼
定风波

【排行指标】

历代选本入选次数：25		在100篇中排名：95	
历代评点次数：2		在100篇中排名：94	
唱和次数：0		在100篇中排名：84	
当代研究文章篇数：16		在100篇中排名：27	
互联网链接文章篇数：131600		在100篇中排名：8	
综合分值：3.57		总排名：60	

三月七日①，沙湖道中遇雨②。雨具先去，同行皆狼狈，余独不觉。已而遂晴，故作此。

莫听穿林打叶声。何妨吟啸且徐行。竹杖芒鞋轻胜马③。谁怕。一蓑烟雨任平生④。

【注释】

①三月七日：指宋神宗元丰五年（1082）三月七日，时作者正贬处黄州（今湖北黄冈）。②沙湖：在黄州东南三十里。③芒鞋：泛指草鞋。④蓑：蓑衣，用草或棕毛编制而成。

料峭春风吹酒醒。微冷。山头斜照却相迎。回首向来萧瑟处⑤。归去。也无风雨也无晴。

⑤萧瑟：风雨吹打林木的声音。

一蓑烟雨任平生

排行解析

　　宋神宗元丰五年（1082）春，苏轼和友人一起到黄州城南三十里外的沙湖看所置新田，途中突然遇雨。因为没有雨具，一行人被淋得像落汤鸡一样，狼狈不堪。而唯独苏轼不以为然，还饶有兴致地写下了这首异常洒脱的《定风波》词。

　　这首词确实值得涵咏，它尽显东坡先生超逸旷达之风神，就是我们现在读起来，也不禁要为之心胸开阔起来。从平平常常的一场雨中，就能悟出不凡的人生哲理，实在是让人叹服。

　　但是，金子也常有被埋没的时候。看排行数据，此词在古代只约略可以见到它的影子。选本项上，仅有3种选本选录此词；评点项上，仅有2次文人评点；唱和项上，唱和次数更是为0，在入选百首名篇的十几首苏词中，交出了极为少见的白卷。看来，词中卓然独立、傲视流辈的形象和行为，在谨守"温柔敦厚"庸腐教条的古代文人那里，是不大受欢迎的。

　　好在20世纪以来，这首词终于现出了光彩。首先，它入选了22种现当代选本，较古代有大幅度的提升。其次，现当代的词学研究者对此词也表现出了浓厚兴趣，共有16篇文章发表，列单榜第二十七位。最后，在当代互联网上，它可以说是宋词中的网络"红人"，以13万余次的链接数，排在了引人注目的第八位。

　　在沉寂了千年之后，这首《定风波》终于在现当代读者的大力推动下，成为了宋词中响当当的经典名篇。

第61名

欧阳修
生查子

【排行指标】

历代选本入选次数：31	在100篇中排名：86
历代评点次数：5	在100篇中排名：88
唱和次数：0	在100篇中排名：84
当代研究文章篇数：12	在100篇中排名：34
互联网链接文章篇数：114200	在100篇中排名：12
综合分值：3.56	**总排名：61**

去年元夜时①，花市灯如昼②。月上柳梢头，人约黄昏后。

今年元夜时，月与灯依旧。不见去年人，泪满春衫袖。

【注释】

①元夜：农历正月十五日上元节之夜。自唐代始，即有元夜观灯习俗。②花市：灯市。

排行解析

受宋代风气浸染，正气浩然的一代文宗欧阳修年轻时也写了不少缠绵悱恻的艳情词。但有人从维护欧阳修的正面形象出发，认为这些艳词全是欧氏"仇人无名子"所为，是嫁名、嫁祸于欧阳修的。那么，这阕写艳情的《生查子》是不是欧阳修的作品呢？南宋著名词选家曾慥的态度很明朗，他在编选《乐府雅词》时，明确将这首词的著作权归之于欧阳修。曾慥对欧阳修非常敬仰，遴选欧词时也非常慎重，正如他在《乐府雅词》序言中所说的："当时或作艳曲，谬为公词，今悉删除。"但尽管如此，古代还是有不少人认为这首词有伤风化，而把它归到了

月上柳梢头，人约黄昏后。

秦观、李清照、朱淑真等人的名下。

　　也正因为此，20 世纪以前，这首词很为自诩雅正的文士们所侧目，影响力微乎其微。看排行指标，这首词在古代唱和榜上的记录为 0，历代文人的评点也只有 5 次；历代入选的 31 种选本中，古代也只有 9 种，比百首名篇在古代的平均入选数低了 20 余次。

　　而进入 20 世纪以后，人们用现代眼光重新审视这首词，对其特色和价值给予了极高的评价。表现在排行指标上，此词共入选了 22 种现当代选本，较古代大为改观。又先后有 12 篇研究专文发表，列单榜第三十四位。当代网络上，它更是引人瞩目，以 11 万余次的链接数排在单榜的第十二位。正是在现当代读者的积极推动下，这首美丽而伤情的约会词终于以第六十一名的成绩，晋身宋词百首名篇之列。

　　王国维说："大家之作，其言情也必沁人心脾，其写景也必豁人耳目。其辞脱口而出，无矫揉妆束之态。以其所见者真、所知者深也。"用这话来评价这首词，是再合适不过的。

第62名

张先
青门引

【排行指标】

历代选本入选次数：48		在100篇中排名：41	
历代评点次数：9		在100篇中排名：73	
唱和次数：1		在100篇中排名：66	
当代研究文章篇数：1		在100篇中排名：84	
互联网链接文章篇数：133750		在100篇中排名：7	
综合分值：3.52		**总排名：62**	

乍暖还轻冷。风雨晚来方定。庭轩寂寞近清明，残花中酒①，又是去年病。

楼头画角风吹醒②。入夜重门静。那堪更被明月，隔墙送过秋千影。

【注释】

①中（zhòng）酒：醉酒。中，伤。
②楼：指城上戍楼。

　　这首《青门引》，抒写的是宋词中的常见主题——伤春。能从众多同类题材的作品中脱颖而出，在词人高超的表现手法，及通过作品所传达出的人们共有的千年不变的无奈与伤感。词中不仅有情味隽永、让人涵咏不尽的名句"那堪更被明月，隔墙送过秋千影"，整首词也含蓄细腻、意境深美，充分体现了张先词的艺术特点。历代文人对此词爱赏有加，有赞其"句字皆佳"，有叹其"韵流弦外，神泣个中"，有评其"落寞情怀，写来幽隽无比"。

　　看排行数据，历代文人的 9 次评点，基本上都是针对这首词的艺术特征和审美特性。虽然此项排名仅为第七十三位，但对于这首词的流行与传播，功劳不小。当然，此词之所以能成为宋词排行榜上的第六十二名，更重要的还是以下两个方面的因素：一是选本入选项上，其共入选了 48 种古今选本，排名第四十一位；其中，元明时期更是入选了 22 种选本中的21 种，影响甚大。二是在当代互联网上，其链接数高达 13 万余次，排单榜第七位，成绩惊人；仅此一项，也足可使其成为宋词中的经典名篇了。

第63名

周邦彦

少年游

【排行指标】

历代选本入选次数：41	在100篇中排名：62
历代评点次数：24	在100篇中排名：8
唱和次数：3	在100篇中排名：55
当代研究文章篇数：1	在100篇中排名：84
互联网链接文章篇数：15830	在100篇中排名：71
综合分值：3.45	**总排名：63**

并刀如水①，吴盐胜雪②，纤手破新橙。锦幄初温，兽烟不断③，相对坐调笙。

低声问，向谁行宿④，城上已三更。马滑霜浓，不如休去，直是少人行。

【注释】

①并刀：古代并州（今山西汾河中游一带）出产的刀剪，以锋利著称。②吴盐：吴地（今江苏南部和浙江北部一带）所产的盐，以细白著称。用盐可除去新橙酸味。③兽：兽形香炉。④行（háng）：指示处所的助词。

排行解析

　　宋词中有不少作品与一些绯闻故事相关。这些绯闻故事的主人公，知名度最高的，当属这首《少年游》和前面已经提到的周邦彦的另一首作品《兰陵王·柳》。因为，其中牵涉到三个响当当的人物：风流帝王宋徽宗、才子词人周邦彦和一代名妓李师师。他们之间，曾经热热闹闹地上演了一出戏谑而又雅致的古典版的"三角"情爱戏。

　　据说，宋徽宗一日微服出行，私访京师名妓李师师。而此时，周邦彦也恰好在李师师处。惊闻皇帝驾到，周词人避之不及，只好丢下斯文，慌

兽烟不断，相对坐调笙。

慌张张地躲在了床下。有心的徽宗皇帝这次是带了江南新贡的橙子来的，帝、妓二人一边分享新橙，一边温语调笑、对坐调笙，真个是好不惬意。而不料，这些全部都"直播"给了躲在床下的周大词人。而周大词人呢，也并不客气，不仅不为尊者讳，相反还来了个来而不拒、"照单全收"。只见他彩笔轻轻一挥，一首风风流流的《少年游》就问世了。后来，徽宗皇帝听到李师师唱这首词，问其所以，师师明以相告。恼羞成怒的皇帝佬这下不干了，就找茬儿把周邦彦罢了官，赶离了京城。而事情到此还没有完，好事者又煞有介事地补续说，周邦彦离开京城时，李师师前去相送，周又作了一首词赠别，就是那首著名的《兰陵王·柳》。

　　如此绯闻，再加上周邦彦情涉私密却又不染狎邪的词笔，确实赢得了古代不少批评型读者的赞赏。如周济就评说："本色至此便足，再过一分，便入山谷恶道。"

　　统计数据显示，这首词确实在批评型读者中影响巨大，历代共有评点24次，列单榜第八位。这一不俗的成绩，为此词进入宋词百篇榜奠定了极为坚实的基础。同时，此词以不凡手笔描摹的世俗风情画，也颇受大众读者的欢迎。选本入选项上，其共入选了历代选本41个，排单榜第六十二位。网络链接数也达1.5万余次，列单榜第七十一位。

　　既有故事，又有文采，这首《少年游》可说是宋词经典中的又一种类型。

第64名

张元幹

贺新郎

送胡邦衡待制①

【排行指标】

历代选本入选次数：48		在100篇中排名：41	
历代评点次数：17		在100篇中排名：30	
唱和次数：0		在100篇中排名：84	
当代研究文章篇数：4		在100篇中排名：60	
互联网链接文章篇数：20520		在100篇中排名：67	

综合分值：3.43　　　　　　　总排名：64

梦绕神州路②。怅秋风、连营画角，故宫离黍③。底事昆仑倾砥柱④。九地黄流乱注。聚万落、千村狐兔。天意从来高难问，况人情、老易悲难诉⑤。更南浦，送君去。

凉生岸柳催残暑。耿斜河、疏星淡月⑥，断云微度。万里江山知

【注释】

①胡邦衡：胡铨，字邦衡。待制：官名。胡铨升宝文阁待制在孝宗乾道七年（1171），时张元幹已去世，此处"待制"一词当为后人所加。②神州：此指中原沦陷地区。③故宫：指北宋故都汴京的宫殿。④昆仑倾砥柱：指北宋灭亡。传说昆仑山有天柱。⑤"天意"二句：化用杜甫"天意高难问，人情老易悲"诗意。天意，隐指皇帝意。老易悲，时词人已年过半百。⑥耿：明亮。

何处。回首对床夜语。雁不到、书成谁与⑦。目尽青天怀今古,肯儿曹、恩怨相尔汝⑧。举大白⑨,听《金缕》⑩。

斜河:银河斜转,表示夜深。⑦"雁不到"句:北雁南飞,止于衡阳,而胡铨编管之地新州又远在衡阳之南,故无法传书。⑧"肯儿曹"句:化用韩愈"昵昵儿女语,恩怨相尔汝"诗意。儿曹,指为儿女情肠牵绕的人。尔汝,用"尔"、"汝"之类较随意的词,表示关系亲昵。⑨大白:大酒杯。⑩金缕:即《金缕曲》,《贺新郎》词调别名。

排行解析

　　宋高宗绍兴八年(1138),胡铨上书反对与金人议和,并请斩主和者秦桧、王伦、孙近人头,以谢天下。一封朝奏,触怒了实际上以宋高宗为首的主和派。在很多朝臣的援救下,胡铨虽然得以保全性命,但还是被远贬福州。绍兴十二年(1142),贬处福州的胡铨又遭人诬陷,被削去官职,羁送广东新州编管。接二连三的政治迫害,使得胡铨的平素友善者,皆"避嫌畏祸,唯恐去之不速","一时士大夫畏罪钳舌,莫敢与立谈"。而此时唯独同在福州的张元幹敢于挺身而出,不顾个人安危,写下这首慷慨的《贺新郎》词送别胡铨。数年后,张元幹作词送胡铨事终被秦桧闻知。张元幹此时虽已辞官多年,秦桧仍余怒难消,指使大理寺寻隙将其削职除名。

　　仕途荣辱不过系于一时,而这首《贺新郎》却因其壮气淋漓而成为张元幹《芦川词》的压卷之作,千百年来为人们恒久传颂。正如杨慎所言:"此虽不工亦当传,况工致悲愤如此,宜表出之。"

更南浦，送君去。

看排行指标，决定这首词跻身宋词百首名篇的最关键的因素，是历代文人的评点。此项排名最为靠前，列单榜第三十位。在总共 17 次的评点中，有 13 次都特别提到了张元幹与胡铨的关系。20 世纪以来，随着爱国诗词的备受关注，这首词也得到了人们的充分肯定。选入此词的历代 48 种选本中，有 40 种来自于现当代，成绩显赫。另外，又有研究文章 4 篇，网络链接数也达到 2 万余次，分别列单榜的第六十和六十七位，影响都不小。不过，古代唱和次数为 0，古代选本入选数只有 8 种，还是明显降低了这首词的综合实力，使其最终只排在了宋词排行榜的第六十四位。

第65名

刘过
唐多令

【排行指标】

历代选本入选次数：44		在100篇中排名：54
历代评点次数：13		在100篇中排名：50
唱和次数：8		在100篇中排名：24
当代研究文章篇数：0		在100篇中排名：92
互联网链接文章篇数：7510		在100篇中排名：91
综合分值：3.39		**总排名：65**

【注释】

①安远楼：故址在今湖北武昌黄鹤山上。②侑（yòu）觞（shāng）：劝酒。侑，劝。觞，古代称酒杯。歌板之姬：即歌妓。③龙洲道人：词人自号。④柳阜之等人：皆词人友。⑤汀洲：水中小洲。⑥南楼：即安远楼。

安远楼小集①，侑觞歌板之姬黄其姓者②，乞词于龙洲道人③，为赋此《唐多令》。同柳阜之、刘去非、石民瞻、周嘉仲、陈孟参、孟容④。时八月五日也。

芦叶满汀洲⑤。寒沙带浅流。二十年、重过南楼⑥。柳下系船犹未稳，能几日、又中秋。

黄鹤断矶头⑦。故人今在不⑧。旧江山、浑是新愁⑨。欲买桂花同载酒，终不似、少年游。

⑦黄鹤断矶：即黄鹤矶，在黄鹤山西北，临长江，上有著名的黄鹤楼。矶，江边突出的岩石或小石山。⑧不：同"否"。⑨浑是：全是。

芦叶满汀洲。寒沙带浅流。

排行解析

刘过为人豪爽近侠，他的词向来以雄放著称。但这首《唐多令》，却写得曲折含蓄，不尽之意见于言外。这里，没有淋漓畅快的直抒胸臆，有的是欲说还休的委婉抒情，读者尽可以从中品咏那丰富悠长的韵味。也因此，这首词被视为"小令中工品"，是词人的"得意之笔"。看来，婉曲的词笔不仅适合于表达风月柔情，也可以表现深沉的家国之感，并能让人"读之下泪"。难怪后人要感叹此词："数百年来绝作，使人不复以花间眉目限之。"

　　据记载，这首词写成后，"楚中歌者竞唱之"，可见其流传之广。这首词在古代选本中的入选成绩，也可以证实这一点。传世的宋代四大选本中，有 3 种选录了此词，入选率最高；明代入选了 17 种选本，超过同期平均入选数 5 种；清代入选数为 7 种，接近同期平均入选数。评点榜上，这首词的成绩也较为可观，仅《唐宋词汇评》就收录了 13 次评点，列单榜第五十位。至于唱和榜，其更是以 8 次唱和排在单榜的第二十四位。其中，仅南宋末刘辰翁在临安失陷后，就接连追和了 7 首！可见，词中"旧江山、浑是新愁"所流露的情感是多么深挚感人。

　　而到了现当代，这首词的影响力则明显下降，各项指标均比较靠后。古高今低，就是这首词的传播特色。

第66名

晏几道
临江仙

【排行指标】

历代选本入选次数：47	在100篇中排名：45	
历代评点次数：11	在100篇中排名：58	
唱和次数：0	在100篇中排名：84	
当代研究文章篇数：9	在100篇中排名：44	
互联网链接文章篇数：34700	在100篇中排名：22	
综合分值：3.39	**总排名：66**	

梦后楼台高锁，酒醒帘幕低垂。去年春恨却来时①。落花人独立，微雨燕双飞②。

记得小蘋初见③，两重心字罗衣④。琵琶弦上说相思。当时明月在，曾照彩云归⑤。

【注释】

①却来：归来，又来。却，回转，再。②"落花"二句：语出五代翁宏诗："又是春残也，如何出翠帏？落花人独立，微雨燕双飞。寓目魂将断，经年梦亦非。那堪向愁夕，萧飒暮蝉辉。"③小蘋(pín)：词人朋友家的歌妓。④心字罗衣：谓衣领曲如心字，或衣服上绘有心字图案。也有衣服经心字香熏过之说。⑤彩云：喻美女。语出李白诗："只愁歌舞散，化作彩云飞。"此指小蘋。

排行解析

作为贵公子，晏几道曾有过一段流连诗酒的生活。他时常与好友沈廉叔、陈君龙一起赋诗填词、听歌赏舞。其间，有四位才色俱佳、美丽多情的侍儿侑酒佐欢，分别名唤莲、鸿、蘋、云。但好景不长，两位好友先后或病或逝，席间歌儿亦相继离开，流散人间。这首《临江仙》，写的就是晏几道与小蘋相识相知并最终离散的情事。

此词乃词人用真情与痴意写就，"语浅意深，有回肠荡气之妙"，在读者中有较大影响。看排行指标，历代文人评点 11 次，列单榜第五十八位。特别是词中"落花人独立，微雨燕双飞"二句，历来广受青睐。有评其"名句千古，不能有二"的，有叹其"既闲雅，又沉着，当时更无敌手"的，甚至还有赞其"雅绝、韵绝、厚绝、

落花人独立，微雨燕双飞。

深绝"的。其他各项，选本入选方面，此词共入选了 47 种古今选本，列单榜第四十五位；当代网络上，其链接数达到 3 万余次，列单榜第四十二位；研究文章也有 9 篇，列单榜第四十四位。综观各项指标，除唱和项外，其他各项指标均比较平衡，并最终使此词排在宋词排行榜的第六十六位。

与其他一些经典名篇不同，这首词并没有出现古今影响指数反差极大的情形，而是古今同赏、魅力恒常。

第67名

宋祁
玉楼春

【排行指标】

历代选本入选次数：47	在100篇中排名：45
历代评点次数：9	在100篇中排名：73
唱和次数：3	在100篇中排名：55
当代研究文章篇数：10	在100篇中排名：39
互联网链接文章篇数：12220	在100篇中排名：79
综合分值：3.22	总排名：67

东城渐觉风光好。縠皱波纹迎客棹①。绿杨烟外晓寒轻，红杏枝头春意闹。

浮生长恨欢娱少。肯爱千金轻一笑②。为君持酒劝斜阳，且向花间留晚照。

【注释】

①縠（hú）皱：绉纱似的皱纹，此喻波纹之细。縠，有皱纹的纱。
②肯：怎肯。

排行解析

　　"红杏枝头春意闹"，是宋词中流传极广的名句，这首《玉楼春》即因此而蜚声词坛，作者宋祁也因此获得了"红杏尚书"的雅号。《唐宋词汇评》中收录的9次评点，除李渔认为"若红杏之在枝头，忽然加一闹字，此语殊难解"外，其余多是服膺赞美之辞。如刘体仁认为"一'闹'字卓绝千古"，王国维认为"着一'闹'字，而境界全出"，唐圭璋认为"'闹'字尤能撮出花繁之神，宜其擅名千古也"，等等。

　　看排行数据，选本入选榜上，这首词先后入选了47种古今选本，列单榜第四十五位。到了20世纪，其也以10篇研究专文列单榜第三十九位。最终，此词以总榜第六十七名的成绩跻身宋词百首名篇之列。

绿杨烟外晓寒轻，红杏枝头春意闹。

第68名

姜夔
念奴娇

【排行指标】

历代选本入选次数：33		在100篇中排名：80
历代评点次数：9		在100篇中排名：77
唱和次数：0		在100篇中排名：84
当代研究文章篇数：4		在100篇中排名：60
互联网链接文章篇数：22820		在100篇中排名：62
综合分值：3.07		总排名：68

予客武陵①，湖北宪治在焉②。古城野水，乔木参天。予与二三友日荡舟其间，薄荷花而饮③。意象幽闲，不类人境。秋水且涸，荷叶出地寻丈④。因列坐其下，上不见日。清风徐来，绿云自动。间于疏处窥见游人画船，亦一乐也。揭来吴

【注释】

①武陵：今湖南常德。②湖北宪治在焉：时武陵为荆南荆湖北路提点刑狱官署所在地。宪，提点刑狱司的简称。宋地方最高司法机构。③薄：接近。④寻：古代长度单位，一寻为八尺。

兴⑤，数得相羊荷花中⑥。又夜泛西湖，光景奇绝。故以此句写之。

闹红一舸，记来时、尝与鸳鸯为侣。三十六陂人未到⑦，水佩风裳无数⑧。翠叶吹凉，玉容销酒⑨，更洒菰蒲雨⑩。嫣然摇动，冷香飞上诗句。

日暮。青盖亭亭，情人不见，争忍凌波去。只恐舞衣寒易落，愁入西风南浦。高柳垂阴，老鱼吹浪，留我花间住。田田多少⑪，几回沙际归路。

⑤揭（qiè）：发语词，无实意。吴兴：今浙江湖州。⑥相羊：同"徜徉"，指安闲自得地走动。⑦三十六陂（bēi）：地名，在今江苏扬州。这里泛指陂塘多。陂，池塘。⑧水佩风裳：化用李贺"风为裳，水为佩"诗意。此指荷花、荷叶。⑨玉容销酒：指美人面带酒晕，此喻荷花花色浅红。销，融，化。⑩菰（gū）蒲：菰、蒲，两种水生植物。⑪田田：荷叶相连貌。语出古乐府"江南可采莲，莲叶何田田"。

排行解析

　　这首《念奴娇》是宋词中吟咏荷花的名篇。

　　和大多数上榜名篇总是获得一边倒的赞誉不同，这首词历代反响不一，有的力挺，有的苛责，可谓毁誉参半。《唐宋词汇评》收录的9次评点中，有的赞赏它意趣深远、韵致高雅、造语新奇，有的认为它似"雾里看花"，根本不能与得荷之"神理"的周邦彦的《苏幕遮》（燎沉香）相比（王国维《人间词话》)。

客观地说，这确是一首难得的佳作。从韵致上看，其可谓"一洗华靡，独标清绮，如瘦石孤花，清笙幽磬"。从技法上看，词人似乎有意避直取曲，用"水佩风裳"、"玉容销酒"等拟人手法传达荷之风神。这不是那种第一眼看上去就能打动人心的作品，它需要读者在心无旁骛、静然凝寂的状态中展开想象，细细涵咏，把捉它的美处，体味它的情思。否则，就真的会如王国维所说的那样，终觉隔着一层。

总之，这首词不能说不出色，但也确实缺少直指人心的艺术魅力。正面、负面相互牵绊，加之唱和次数为0，其他各项成绩又不是很突出，其最终名次只排在宋词排行榜的第六十八位。

闹红一舸，记来时、尝与鸳鸯为侣。

宋词排行榜

第69名

周邦彦

西 河

金陵怀古

【排行指标】

历代选本入选次数：50		在100篇中排名：39	
历代评点次数：14		在100篇中排名：46	
唱和次数：7		在100篇中排名：28	
当代研究文章篇数：1		在100篇中排名：89	
互联网链接文章篇数：8330		在100篇中排名：84	
综合分值：3.07		**总排名：69**	

　　佳丽地。南朝盛事谁记①。山围故国绕清江，髻鬟对起。怒涛寂寞打孤城，风樯遥度天际②。

　　断崖树，犹倒倚。莫愁艇子曾系③。空余旧迹郁苍苍，雾沉半垒④。夜深月过女墙来，伤心东望淮水⑤。

【注释】

①南朝：我国南北朝时期，据有江南地区的宋、齐、梁、陈四朝的总称。皆定都建康（古金陵）。②"山围"四句：化用刘禹锡"山围故国周遭在，潮打空城寂寞回"诗意。髻鬟对起，言金陵附近长江两岸峰峦对峙，如妇人头上的髻鬟。③莫愁艇子：《石城乐》和中有"莫愁"声："莫愁在何处？莫愁石城西。艇子打两桨，催送莫愁来。"一认为石城即金陵，今南京西水西

酒旗戏鼓甚处市。想依稀、王谢邻里。燕子不知何世。向寻常、巷陌人家，相对如说兴亡，斜阳里⑥。

门外有莫愁湖。④半垒：指残存的旧时营垒。⑤"夜深"二句：化用刘禹锡"淮水东边旧时月，夜深还过女墙来"诗意。淮水，指秦淮河。⑥"想依稀"五句：化用刘禹锡《乌衣巷》"朱雀桥边野草花，乌衣巷口夕阳斜。旧时王谢堂前燕，飞入寻常百姓家"诗意。王谢，指东晋王、谢等豪门大族。陌，街道。

夜深月过女墙来，伤心东望淮水。

排行解析

在宋代词人中，周邦彦有一项特长，就是善于化用前人诗句，并由此构筑浑融一体的美妙词境。宋人张炎早就指出过周词的这一特点，说："美成词只当看他浑成处，于软媚中有气魄，采唐诗融化如自己者，乃其所长。"这首《西河·金陵怀古》就是这样的一首典型作品。正如陈廷焯所说："此词纯用唐人成句融化入律，气韵沉雄，苍凉悲壮，直是压遍古今。金陵怀古词，古今不可胜数，要当以美成此词为绝唱。"同时，词人还能巧妙地将深沉的今昔盛衰之感融于"借来"的景物中，而不是直接用史事进行议论，含蓄蕴藉，耐人品味。词中，金陵古城的山水风物、巷陌人家，无不浸润着岁月的沧桑与历史盛衰的印记。这里没有述及惊天动地的军国大事，而只铺叙寻常景物，却凸显了历史感，使得此词神韵悠远，备受人们的称道。

此词在流传过程中，以上特点获得了历代文人的交口称赞。14次评点中，大多论及了此点，评点榜上第四十六位的排名也可以见出其不凡的影响力。同时，这首词和周邦彦的其他名篇一样，也是文人乐意效仿的对象，唱和榜上共有7次唱和，排单榜第二十八位。另外，与周词在选本入选榜上大都排名较为靠后的情况不同，这首词共入选了50种古今选本，在权重最大的入选项上排名第三十九位。此项不仅进一步扩大了词作的影响力，而且促使其登上了宋词百首名篇的排行榜。

不过，20世纪以来，这首词的各项数据和排名都比较靠后。这首曾被认为使王安石《桂枝香·金陵怀古》一词"独步不得"的词作，最终只排在了宋词排行榜的第六十九位。

第70名

姜夔
长亭怨慢

【排行指标】

历代选本入选次数：32	在100篇中排名：84
历代评点次数：13	在100篇中排名：50
唱和次数：9	在100篇中排名：21
当代研究文章篇数：2	在100篇中排名：74
互联网链接文章篇数：16620	在100篇中排名：70
综合分值：3.03	总排名：70

予颇喜自制曲，初率意为长短句，然后协以律，故前后阕多不同。桓大司马云①："昔年种柳，依依汉南。今看摇落，凄怆江潭。树犹如此，人何以堪。"②此语予深爱之。

渐吹尽、枝头香絮。是处人

【注释】

①桓大司马：即东晋桓温，明帝婿，官至大司马。②"昔年"六句：语出自庾信《枯树赋》。汉南，汉水之南。

家，绿深门户。远浦萦回③，暮帆
零乱向何许。阅人多矣，谁得似、
长亭树。树若有情时，不会得、青
青如此。

　　日暮。望高城不见，只见乱山
无数。韦郎去也，怎忘得、玉环分付④。
第一是、早早归来，怕红萼、无人
为主。算空有并刀，难剪离愁千缕。

③远浦：远处的水边。常指送
别之地。④"韦郎"二句：用
唐代韦皋赠婢女玉箫玉指环定
情，过期后韦皋未至，玉箫绝
食而死典故。

远浦萦回，暮帆零乱向何许。

排行解析

　　这首《长亭怨慢》是姜夔以健笔写柔情的代表词作之一。

　　从某种程度上说，此词是清人造就的名篇。

　　选本入选项上，此词共入选了 32 种古今选本，其中有 14 种是清代选本，比百首名篇同期平均入选数多 6 次。而在宋金、元明和现当代，对应的数字都比各期的平均数低，分别低 2 次、7 次和 14 次。与此相应，在唱和榜上，清代的创作型读者对此词也给予了高度关注，在总共 9 次的唱和中，清人占了 8 次。另外，在批评型读者中，此词的影响力也以清人为最，历代的 13 次评点中，8 次都来自清代，占总数的三分之二。

　　由此可见，这首词最终能进入宋词百首名篇，清人的努力实在是功莫大焉。其原因，主要是浙西词派对姜夔词的推重，使得姜夔的许多作品都能够在清代享誉一时。

第71名

辛弃疾
清平乐

【排行指标】

历代选本入选次数：30	在100篇中排名：90
历代评点次数：0	在100篇中排名：100
唱和次数：0	在100篇中排名：84
当代研究文章篇数：19	在100篇中排名：20
互联网链接文章篇数：29800	在100篇中排名：50

综合分值：3.03　　　　　　　　　总排名：71

　　茅檐低小。溪上青青草。醉里吴音相媚好①。白发谁家翁媪②。

　　大儿锄豆溪东。中儿正织鸡笼。最喜小儿无赖③，溪头卧剥莲蓬。

【注释】

①吴音：吴地方音。辛弃疾闲居的江西上饶和铅山，春秋时属吴地。②媪（ǎo）：老年妇女。③无赖：顽皮，可爱。

排行解析

　　这是一首淡而有味的小词。

　　这是一曲宁静、平和、朴素而充满天伦之乐的田园牧歌，读来令人赏心悦目。词作明白如话，似乎并没有评析的余地，也没有评析的必要，人们只轻轻松松地读之味之即可。因而，古时甚爱指点文字的文士们，在此词面前也保持了沉默，历代评点次数为0。

　　这是一幅农村五口之家生动和谐的生活写照，最简单、最朴素的语言中体现了词人驾驭语言的深厚功力，显示了词人对生活的敏锐感受。这里没有浓墨重彩，不见雕琢痕迹，完全达到了"清水出芙蓉，天然去雕饰"

茅檐低小。溪上青青草。

的境地。或许这样的词实在是难以效仿，因而在唱和榜上，此词的唱和数也是 0。

　　古代词选家们似乎也忽视了这样一首精美小词的存在，宋、明、清三代仅分别入选过 1 种、0 种和 2 种选本。但尽管如此，这首词最终还是进入了宋词百首名篇榜，并荣登排行榜的第七十一位，其中原因，自然要归功于现当代读者对其给予的极大关注和充分肯定。

　　看排行数据：20 世纪的研究者们共贡献了 19 篇研究专文，列单榜第二十位，对这首词的最终排名起了决定性的作用；当代网络上，其链接数也不低，有近 3 万篇次，排名第五十位；与此同时，更多的选家也将这首词编入选本，27 次的入选数，高出了宋词百篇在现当代的平均入选率。

　　在田园牧歌式的生活离我们越来越远的时候，这首词之吸引我们的视线，是再自然也不过的事情。

第72名

周邦彦
风流子

【排行指标】

历代选本入选次数：29		在100篇中排名：91
历代评点次数：16		在100篇中排名：35
唱和次数：4		在100篇中排名：46
当代研究文章篇数：3		在100篇中排名：70
互联网链接文章篇数：8690		在100篇中排名：88
综合分值：2.99		**总排名：72**

新绿小池塘。风帘动、碎影舞斜阳。美金屋去来①，旧时巢燕，土花缭绕②，前度莓墙③。绣阁里、凤帏深几许，听得理丝簧④。欲说又休，虑乖芳信⑤，未歌先咽，愁近清觞⑥。

遥知新妆了，开朱户，应自待

【注释】

①金屋：泛指华美之屋。暗用汉武帝金屋藏娇故事。②土花：苔藓。③莓墙：长满苔藓的墙。莓，苔藓。④理：奏。丝簧：弦管乐器，亦泛指一般乐器。⑤芳信：女子的书信或期约。⑥清觞(shāng)：美酒。觞，酒杯。

月西厢⑦。最苦梦魂，今宵不到伊行。
问甚时说与，佳音密耗，寄将秦镜⑧，
偷换韩香⑨。天便教人，霎时厮见
何妨⑩。

⑦待月西厢：指情人幽会。元
稹《会真记》崔莺莺给张生诗
中有"待月西厢下，迎风户半开"
句。⑧秦镜：喻指夫妻或男女
间相爱的信物。东汉秦嘉在外
做官，其妻徐淑因病还家，秦
嘉遂以明镜等物寄赠，以表思
念。⑨韩香：喻指男女间相爱
的信物。晋贾充之女与韩寿私
通，并将御赐贾充的西域奇香
偷赠韩寿。贾充隐知其事，即
把女儿许配韩寿。⑩厮见：相见。
厮，相互。

排行解析

　　这首《风流子》写的是一位男子对自己心爱女子的深挚相思之情。欲
爱不能却偏偏要爱，男子内心的纠结痛苦可想而知。在历史传播过程中，
此词浓烈的情感，尤其是结末"天便教人，霎时厮见何妨"的率真表达，
赢得了不少文人读者的肯定与赞赏。譬如，有的说"美成真深于情者"，
有的说"此等语愈朴愈厚，愈厚愈雅，至真之情，由性灵肺腑中流出，不
妨说尽而愈无尽"。不过，此词也受到过不少批评。如张炎就从"词欲雅
而正，志之所之，一为情所役，则失其雅正之音"的观点出发，指出此词"最
苦梦魂，今宵不到伊行"、"天便教人，霎时厮见何妨"等句是"所谓淳厚
日变成浇风也"。叶申芗也说："此词虽极情致缠绵，然律以名教，恐亦有
伤风雅也。"

　　其实，无论批评还是赞美，在人们的评说过程中，这首词的影响已在

随之扩大。而且正是历代文人的评点，将这首词推进了宋词百首名篇。看排行指标，历代评点这一项影响最大，从宋至今共有 16 次评点，单榜排名第三十五位，整整高出其总体排名一倍之多。而其他各项，历代选本、20 世纪词学研究及当代网络链接等，排名则低至七十乃至九十位之后，影响都比较小。即使历代唱和有 4 次，列单榜第四十六位，但因此项权重低，且唱和又全在宋代，故影响也十分有限。

所以，这首词可说是宋词名篇的另一种类型，即一项成绩突出，即可确立整首词的经典地位。

佳音密耗，寄将秦镜，偷换韩香。

第73名

周邦彦

大 酺

春雨

【排行指标】

历代选本入选次数：33	在100篇中排名：81
历代评点次数：17	在100篇中排名：30
唱和次数：5	在100篇中排名：37
当代研究文章篇数：2	在100篇中排名：74
互联网链接文章篇数：4700	在100篇中排名：98

综合分值：2.98　　　　　　　　总排名：73

对宿烟收，春禽静，飞雨时鸣高屋。墙头青玉旆①，洗铅霜都尽，嫩梢相触。润逼琴丝，寒侵枕障，虫网吹粘帘竹。邮亭无人处②，听檐声不断，困眠初熟。奈愁极频惊，梦轻难记，自怜幽独。

行人归意速。最先念、流潦妨

【注释】

①青玉旆：喻指初春时树梢摇曳的枝叶。玉旆，古代帝王冠冕前后悬垂的玉串。②邮亭：古时供传递文书者或旅客沿途休息的处所。

车毂③。怎奈向、兰成憔悴④，卫
玠清羸⑤，等闲时、易伤心目。未
怪平阳客，双泪落、笛中哀曲⑥。
况萧索、青芜国⑦。红糁铺地⑧，
门外荆桃如菽⑨。夜游共谁秉烛。

③流潦（lǎo）：雨后地面流动
的积水。毂：车轮中心有洞可
以插轴的部分，此代指车轮。
④兰成：南北朝文学家庾信小
字。庾信初仕梁，后出使西魏，
被羁留于长安，常怀故国之
思。⑤卫玠：西晋名士，有"玉
人"之称，有羸疾。羸：瘦弱。
⑥"未怪"二句：东汉马融为
督邮，独卧郿平阳邬中，有客
吹笛为《气出》、《精列》、《相
和》，甚悲而乐之。平阳，平阳邬，
在今陕西眉县。⑦青芜：杂草
丛生貌。⑧红糁（shēn）：指落
花。糁，方言，米粒。⑨荆桃：
樱桃别名。菽：豆类。

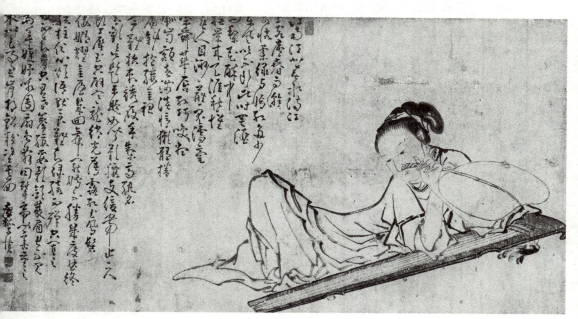

润逼琴丝，寒侵枕障，虫网吹粘帘竹。

排行解析

　　春雨，在文人雅士的笔下，或饱含着喜悦，或浸透着忧愁，总和他们的心绪相关相融。严冬过后，一阵春雨可以催生无数的憧憬与希望。然而，"无边丝雨细如愁"，绵绵春雨也总能引出他们的失落与惆怅。宋词百首名篇中，咏春雨的名篇除了前面已经提到的史达祖的《绮罗香》(做冷欺花)外，就是周邦彦的这首《大酺》了。和词人们敏感多愁的气质一样，这两首作品都笼罩在一片浓郁的春愁意绪中。

　　细细品味，这首词也确实写得"凄清落寞，令人恻恻"，而且，结构、遣词都到了圆熟融贯的地步。结构上，如上阕结尾"自怜幽独"照应下阕结末"共谁秉烛"，便是"如常山蛇势，首尾自相击应"；用语如"流潦妨车毂"等，更是"托想奇拙"，让人叹服。

　　因此，这首词获得了历代文士们的较多关注。评点榜上，其以17次的评点数列单榜第三十位。唱和榜上，它也有5首和词，列单榜第三十七位。这两项成绩终使其拥有了足够的竞争力，并荣列宋词排行榜的第七十三位。

第74名

章楶

水龙吟

【排行指标】

历代选本入选次数：28	在100篇中排名：93
历代评点次数：10	在100篇中排名：66
唱和次数：26	在100篇中排名：4
当代研究文章篇数：0	在100篇中排名：92
互联网链接文章篇数：847	在100篇中排名：100
综合分值：2.93	**总排名：74**

燕忙莺懒芳残，正堤上、柳花飘坠。轻飞点画青林，谁道全无才思①。闲趁游丝，静临深院，日长门闭。傍珠帘散漫，垂垂欲下，依前被、风扶起。

兰帐玉人睡觉②，怪春衣、雪沾琼缀。绣床渐满，香球无数，才

【注释】

①"谁道"句：反用韩愈"杨花榆荚无才思，惟解漫天作雪飞"诗意。②兰帐：芳香典雅的帏帐。睡觉：睡醒。

圆却碎。时见蜂儿，仰粘轻粉，鱼吹池水。望章台路杳，金鞍游荡③，有盈盈泪。

③金鞍：金饰的马鞍。此代指在外游冶的荡子。

望章台路杳，金鞍游荡，有盈盈泪。

　　章楶的这首《水龙吟》，有三项指标都相当落后。当代互联网上，其链接次数不足 1 千，在宋词百首名篇中排名最后。20 世纪的词学研究项上，其更是交了白卷，排名也是最后。历代选本选录此词也较少，古今 107 个选本中，仅有 28 个选录，列单榜第九十三位。

　　那么，是什么助推它登上宋词百首名篇榜，并名列第七十四位的呢？首先，是历代文人的效仿追和。这一项，其以惊人的 26 次唱和列单榜第四位，远远超过一大批脍炙人口的经典名篇。其次，是文人的评点。此词历代评点共有 10 次，列单榜第六十六位，也成绩不俗。

　　或许我们可以说，章楶的这首《水龙吟》是跟着苏轼的和作《水龙吟》（似花还似非花）而有名的。博得古今文人交口称赞的苏轼杨花词，实际上是在为章楶的杨花词长期做着免费广告。因为，在人们评点苏轼的杨花词时，总不免要拿来一比高下。比较的结果也许并不重要，而实际效果是这首词的声名越传越广，文人的仿和兴趣也越来越浓了。当然，历代也有不少人认为章词本来就写得不错。如清人许昂霄就评说："（苏轼）《水龙吟》与原作均是绝唱，不容妄为轩轾。"

第75名

周邦彦

齐天乐

秋思

【排行指标】

历代选本入选次数：17	在100篇中排名：100
历代评点次数：15	在100篇中排名：39
唱和次数：5	在100篇中排名：37
当代研究文章篇数：1	在100篇中排名：84
互联网链接文章篇数：6540	在100篇中排名：95

综合分值：2.93　　　　**总排名：75**

绿芜凋尽台城路①，殊乡又逢秋晚。暮雨生寒，鸣蛩劝织②，深阁时闻裁剪。云窗静掩。叹重拂罗裀③，顿疏花簟。尚有练囊，露萤清夜照书卷④。

荆江留滞最久⑤，故人相望处，离思何限。渭水西风，长安乱叶⑥，

【注释】

①台城：六朝时禁城，在今江苏南京。②鸣蛩（qióng）劝织：蛩，蟋蟀。古人以其叫声"织织"相连，劝人机织。③裀：褥子。④"尚有"二句：东晋车胤家贫，夏月用练囊盛数十萤火虫照明读书。练（shū），粗麻织物。⑤荆江：长江中部从枝江到洞庭湖口一段的别称，此指今湖北荆州一带，词人曾在此客居数年。⑥"渭水"二句：化用贾岛"秋风吹渭水，落叶

空忆诗情宛转。凭高眺远。正玉液
新篘⑦，蟹螯初荐⑧。醉倒山翁⑨，
但愁斜照敛。

满长安"诗意。长安，此代指
北宋都城汴京。⑦篘(chōu)：
滤酒竹器，此指滤酒。⑧蟹螯：
此泛指螃蟹。荐：进献。⑨醉
倒山翁：西晋山简为荆州刺史，
时出畅饮，酣醉而归。

排行解析

宋哲宗元祐二年（1087），周邦彦被放外任。离开京城，他先后辗转
于庐州（今安徽合肥）、荆州（今属湖北）、溧水（今属江苏）等地，过着
游宦漂泊的生活。据王国维《清真先生遗事》考证，这首《齐天乐》大概
作于词人四十岁左右在溧水任上时。多年的羁旅行役与宦海浮沉，使词人
不胜惆怅，面对异乡的冷秋，他不禁怅然情动，写下了这首"情景融会无间"
的"悲秋绝调"。

这是一首让历代许多文士都为之心有戚戚焉的作品，正如陈廷焯所说：
"只起二句，便觉黯然销魂"，至其"沉郁苍凉"处，更是太白"西风残照"
之"嗣音"。同时，这又是一首技法高超的词作，即如谭献所评："'绿芜'
句亦是以扫为生法。'荆江'句应'殊乡'。'渭水'二句点化成句，开后
来多少章法。'醉倒'句结束出奇，正是哀乐无端。"

正因为此，历来关注这首词的评点者不在少数。仅《唐宋词汇评》所辑，
历代评点就有15次，列单榜第三十九位。此词的章法之妙也对后世创作
产生了一定影响，共被唱和5次，列单榜第三十七位。正是历代文人读者
的这种推重，才使其最终排在宋词排行榜的第七十五位。

第76名

周邦彦

琐窗寒

【排行指标】

历代选本入选次数：40	在100篇中排名：64
历代评点次数：14	在100篇中排名：46
唱和次数：5	在100篇中排名：37
当代研究文章篇数：1	在100篇中排名：84
互联网链接文章篇数：10370	在100篇中排名：84

综合分值：2.91　　　　　　　　　　总排名：76

　　暗柳啼鸦，单衣伫立，小帘朱户。桐花半亩，静锁一庭愁雨。洒空阶、夜阑未休，故人剪烛西窗语①。似楚江暝宿，风灯零乱，少年羁旅。

　　迟暮。嬉游处。正店舍无烟，禁城百五②。旗亭唤酒③，付与高阳俦侣④。想东园、桃李自春，小唇秀靥今在否⑤。到归时、定有残英，待客携尊俎⑥。

【注释】

①"故人"句：化用李商隐"何当共剪西窗烛，却话巴山夜雨时"诗意。②禁城：宫城，此泛指京城。百五：即寒食节。因在冬至后一百零五天，故名。③旗亭：酒店，酒楼。④高阳俦(chóu)侣：指酒友。秦末郦食其自称高阳酒徒。高阳，今河南杞县高阳镇。俦，同辈，同伴。⑤小唇秀靥(yè)：指容貌秀美的女子。靥，酒窝。⑥尊俎(zǔ)：古代盛酒食的器具。俎，盛肉的器具。

排行解析

"独在异乡为异客，每逢佳节倍思亲。"节日，最能触动漂泊游子的敏感神经，把他们平日埋藏在内心深处的乡情唤起。千百年来，有多少人为功名事业离开自己的故乡和亲人，在每一个节日到来的时候独自品尝羁旅他乡的滋味！《琐窗寒》就是这样一首抒写节日乡愁的作品。词人用今昔对比、虚实结合的手法，将寒食时节对家乡、故友、情人的思念，以及对年华暗逝的无限感慨抒写得含蓄细腻、动人心弦。

看排行数据，这首词在古代享有不小的声誉。首先，在唱和与评点榜上，共有 5 首唱和词和 14 次文人评点，分别列单榜的第三十七和四十六位。仅此二项，就足以使其不至于湮没在历史的尘埃中。其次，明清两代的词选家对此词也格外重视，分别以 19 次和 14 次的入选数，列同期入选榜的并列第三和第二位。

不过，20 世纪以来，这首词却在逐渐淡出人们的视线。1 篇研究文章、6 种入选选本，以及相对低迷的网络链接数，都在证明着其影响力的不断下降。因而，从某种程度上来说，这又是一首有些失意的经典作品。

宋词排行榜

第77名

吴文英
风入松

【排行指标】

历代选本入选次数：39	在100篇中排名：67
历代评点次数：11	在100篇中排名：58
唱和次数：0	在100篇中排名：84
当代研究文章篇数：6	在100篇中排名：54
互联网链接文章篇数：15260	在100篇中排名：72
综合分值：2.90	**总排名：77**

【注释】

①草：草拟。瘗（yì）花铭：即葬花词。瘗，掩埋。铭，一种文体，刻在器物或墓碑上，以示颂扬、哀悼或鉴戒之意。②分携：离别。③双鸳：成双绣鞋，此借指女子。

听风听雨过清明。愁草瘗花铭①。楼前绿暗分携路②，一丝柳、一寸柔情。料峭春寒中酒，交加晓梦啼莺。

西园日日扫林亭。依旧赏新晴。黄蜂频扑秋千索，有当时、纤手香凝。惆怅双鸳不到③，幽阶一夜苔生。

排行解析

吴文英的这首《风入松》，是宋词名篇中的后起之秀。

宋元之际的著名词评家张炎曾评吴文英词说："吴梦窗词，如七宝楼台，眩人眼目，碎拆下来，不成片段。"自此以后，吴文英和他的词在相当长时期内都受到了冷遇。这首《风入松》自然也不例外。从元中期到明代的数百年间，此词一直默默无闻。统计数据中，从选本入选到文人评点与唱和项，元明两代的相关记录都是 0。

但从清代开始，吴文英渐渐拥有了他的异代知音者。他不仅获得了"词家之有文英，亦如诗家之有李商隐"的美誉，其才思更被叹为"奇思壮

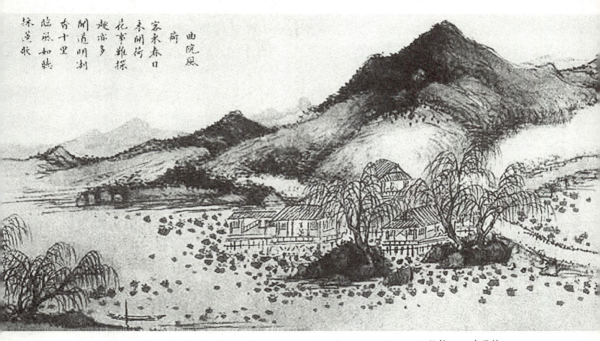

一丝柳、一寸柔情。

采", 可以"腾天潜渊", 穿行于天地之间。随之, 这首悼念亡姬的词作也获得了越来越多的赞赏。陈匪石就赞其"情景交融", 是"词中上乘"之作。统计数据也显示, 清代以后, 这首词在批评型读者和大众读者中的影响都在大幅度上升。其在评点榜上能名列第五十八位, 就全有赖于清代和现当代文人的 11 次评点。选本入选榜上, 此词的入选数也由清之前的 1 次陡增至 38 次。进入 20 世纪以后, 又有 6 篇研究专文, 列单榜第五十四位; 网络上的链接数也达 1.5 万余次, 列单榜第七十二位。

确实, 这首词从"黄蜂频扑秋千索, 有当时、纤手香凝"等名句以至整首作品, 都是耐人寻味、动人心魂的。宋词百首名篇中, 理当有其一席之地。

第78名

张炎
高阳台
西湖春感

【排行指标】

历代选本入选次数：39		在100篇中排名：67
历代评点次数：21		在100篇中排名：21
唱和次数：0		在100篇中排名：84
当代研究文章篇数：2		在100篇中排名：74
互联网链接文章篇数：6830		在100篇中排名：94
综合分值：2.86		**总排名：78**

接叶巢莺①，平波卷絮，断桥斜日归船②。能几番游，看花又是明年。东风且伴蔷薇住，到蔷薇、春已堪怜。更凄然。万绿西泠③，一抹荒烟。

当年燕子知何处④，但苔深韦曲⑤，草暗斜川⑥。见说新愁，如

【注释】

①接叶巢莺：语本杜甫"卑枝低结子，接叶暗巢莺"诗句。接叶，叶叶相接，枝叶繁密。
②断桥：桥名，在杭州西湖白堤东端。③西泠：桥名，在白堤西，孤山与湖北岸连接处。
④"当年"句：化用刘禹锡"旧时王谢堂前燕，飞入寻常百姓家"诗句。⑤韦曲：唐长安城南郊，因唐代望族韦氏世居于此得名。此借指西湖边贵族居住地。⑥斜川：古地名，在今

今也到鸥边。无心再续笙歌梦，掩重门、浅醉闲眠。莫开帘。怕见飞花，怕听啼鹃。

江西星子、都昌二县境，濒鄱阳湖，风景秀丽。这里指西湖边文人雅集之地。

排行解析

　　宋端宗景炎元年（1276），蒙古铁蹄踏破南宋首都临安。不久，张炎家产籍没，流落江湖，由一位贵公子一变而为飘零无依的流浪者。宋亡后，词人回到故乡临安。重游西湖，国破家亡之感油然而生，于是就有了这首极为沉痛的《高阳台·西湖春感》。

接叶巢莺，平波卷絮，断桥斜日归船。

　　自清代以来，这首充满着故国之思的词作冲破了门派藩篱与时空阻隔，成为颇受读者青睐的名篇。虽然其在历代选本中仅入选了 39 次，排名第六十七位，但清代和现当代却分别入选了 11 次和 27 次，均高出同期平均水平。而且，自清代开始，这首词也得到了批评型读者的高度赞赏。评点榜上，21 次的评点中有 19 次来自清代和近现代，不仅使其单榜名次排到了比较靠前的第二十一位，也有效地提升了其整体名次。还要特别指出的是，这首词不仅得到了奉姜夔、张炎为宗师的浙西派词人的力捧，同时也得到了与浙西派主张大异的常州派词人的赞赏。如常州派词人陈廷焯就说："玉田《高阳台·西湖春感》一章，凄凉幽怨，郁之至，厚之至。"

　　这首词也确实技法高超，炼词造境，精妙之至，深沉的亡国之痛全融于外在的景物之中，深婉蕴藉，耐人寻味。只是过于含蓄的表达还是影响了它在大众读者中的传播，历代选本共入选 39 次，排名第六十七位，宋、明两代仅入选 1 次。当代互联网上，其链接数也仅 6 千余次，排名第九十四位。这使得这首在历代评点者中享有盛誉的作品，最终只排在了宋词排行榜的第七十八位。

第79名

陈亮

水调歌头

送章德茂大卿使虏①

【排行指标】

历代选本入选次数：31	在100篇中排名：86
历代评点次数：5	在100篇中排名：87
唱和次数：0	在100篇中排名：84
当代研究文章篇数：10	在100篇中排名：39
互联网链接文章篇数：129570	在100篇中排名：9
综合分值：2.83	总排名：79

不见南师久②，漫说北群空③。当场只手④，毕竟还我万夫雄。自笑堂堂汉使，得似洋洋河水⑤，依旧只流东。且复穹庐拜⑥，会向藁街逢⑦。

尧之都，舜之壤，禹之封。于中应有，一个半个耻臣戎。万

【注释】

①章德茂：即章森。大卿：宋代对中央各司正职长官的俗称。②南师：指南宋军队。③漫：休，莫。北群空：典出韩愈"伯乐一过冀北之野，而马群遂空"，此喻没有人才。④当场：交手，较量。只手：一人。⑤得似：怎似。洋洋：水盛大貌。⑥穹庐：古代游牧民族居住的毡帐，此指金主的帐幕。⑦会：必然，一定。藁（gǎo）街：汉时街名，为属国使节馆舍所在地。汉陈汤出

里腥膻如许，千古英灵安在，磅礴几时通⑧。胡运何须问，赫日自当中⑨。

使西域，计斩匈奴郅支单于，并上疏曰："悬（郅支）头藁街蛮夷邸间，以示万里，明犯强汉者，虽远必诛。"⑧磅礴：此指祛除邪恶的浩然正大之气。⑨赫日：喻指南宋王朝。

自笑堂堂汉使，得似洋洋河水，依旧只流东。

　　陈亮平素作词，每一首词成，辄自叹曰："平生经济之怀略已陈矣！"
这首《水调歌头·送章德茂大卿使虏》就是一首可窥其平生怀抱的作品。
此词作于宋孝宗淳熙十二年（1185）十二月，词人借送友人使金之机，一
吐长期郁积于心中的悲愤，满腔挚情泻于纸上，千百年后读之，仍可让人
想见其"好谈天下大略，以气节自居"的音容气概。

　　但在古代，这首"忠愤之气，随笔涌出，并足唤醒当时聋聩"的佳作
却并未受到重视。排行指标中，47 种古代选本只入选了 2 种，评点 5 次，
唱和 0 次，成绩相当不好。也许是此词火一般的热情在震撼读者的同时，
无法同时做到含蓄蕴藉、要眇宜修，因而不大符合文人雅士的审美趣尚吧。

　　但在沉寂了七百年之后，到了 20 世纪，这首《水调歌头》终于迎来了
自己的春天。在研究型读者那里，共有 10 篇专文发表，列单榜第三十九位。
选本入选榜上，此词的入选率也大幅度攀升，共入选了 29 种现当代选本。
当代互联网上，其更是以近 13 万次的惊人链接数，荣列单榜的第九位！
像这样古今影响反差如此之大的作品，在宋词百首名篇中，也是不多见的。

第80名

欧阳修

朝中措

送刘仲原甫出守维扬①

【排行指标】

历代选本入选次数：26		在100篇中排名：94	
历代评点次数：8		在100篇中排名：79	
唱和次数：15		在100篇中排名：11	
当代研究文章篇数：2		在100篇中排名：74	
互联网链接文章篇数：9870		在100篇中排名：86	
综合分值：2.78		总排名：80	

平山阑槛倚晴空②。山色有无
中③。手种堂前垂柳，别来几度春风。

文章太守④，挥毫万字，一饮
千钟。行乐直须年少，尊前看取
衰翁⑤。

【注释】

①刘仲原甫：即刘敞，字原甫，
作者好友。维扬：即今江苏扬
州。②平山：即平山堂。欧阳
修在扬州修筑，后成为扬州名
胜。③"山色"句：语出王维
诗"江流天地外，山色有无中"。
④文章太守：指刘敞。敞擅文名。
⑤衰翁：作者自谓。此词作于
宋仁宗至和三年（1056），时欧
阳修已年近五十。

　　宋仁宗庆历八年（1048），时任扬州太守的欧阳修在城西北的蜀岗峰上，
修建了"据蜀冈，下临江南，数百里真、润、金陵三州，隐隐若可见"，"壮

平山阑槛倚晴空。山色有无中。

丽为淮南第一"的平山堂。嘉祐元年（1056），欧阳修的至交好友刘敞也到扬州上任，已经离开扬州多年的欧阳修特意写了这首《朝中措》相送。

这是一首颇有豪迈之气的送别词。"文章太守，挥毫万字，一饮千钟。行乐直须年少，尊前看取衰翁。"人生旅途，飞鸿雪泥，临歧洒泪既是无益，那就笑对分别、痛饮美酒吧！这里没有缠绵，没有哀怨，有的只是旷达的胸襟和涌动的激情。

也许因为这首风格特异的送别词在宋词中难得一见，古今三大类型的读者，都对它给予了一定的关注。尤其在唱和榜上，从宋至清顺康时期，可考的和词达 15 首之多，在唱和榜上排在了引人注目的第十一位。历代文人评点和 20 世纪研究文章两项，也都排在了单榜的七十几位，超过了此词的总体排名。因此说，这首送别词能跻身宋词百首名篇之列，是实至名归、理所当然的。

第81名

辛弃疾
鹧鸪天

【排行指标】

历代选本入选次数：31	在100篇中排名：86
历代评点次数：11	在100篇中排名：58
唱和次数：16	在100篇中排名：10
当代研究文章篇数：0	在100篇中排名：92
互联网链接文章篇数：19790	在100篇中排名：68
综合分值：2.77	总排名：81

鹅湖归①，病起作。

枕簟溪堂冷欲秋。断云依水晚
来收。红莲相倚浑如醉②，白鸟无
言定自愁。

书咄咄③，且休休④。一丘一
壑也风流。不知筋力衰多少，但觉
新来懒上楼⑤。

【注释】

①鹅湖：在今江西铅山东北。
作者闲居带湖和瓢泉时，常来
此游赏。②浑：简直，完全。
③书咄咄：东晋殷浩因兵败被
废为庶人，终日书空，作"咄
咄怪事"四字。咄咄，叹词，
表示惊诧或感叹。④且休休：
唐司空图晚年屡次拒绝皇帝征
召，隐于中条山，作亭名曰"休
休"，表示休隐之意。⑤"不知"
二句：化用刘禹锡"筋力上楼知"
诗意。

排行解析

　　辛弃疾本是一位叱咤风云，连高宗皇帝都"一见三叹息"的真英雄。他平生志愿是驰骋疆场、抗敌复国，却在正值壮年之时被投闲散置，荒度岁月于山林陇亩之间。因此，这首充满着英雄迟暮之感的《鹧鸪天》比一般叹老嗟衰的作品，更具震撼人心的力量。尤其是结末"不知筋力衰多少，但觉新来懒上楼"二句，更是把词人长期郁积在胸中的感伤和无奈，表达到了无以复加的地步。历代11次的文人评点，有7次都是讨论此二句的深厚意味的，如陈廷焯就说其"信笔写去，格调自苍劲，意味自深厚。

枕簟溪堂冷欲秋。断云依水晚来收。

不必剑拔弩张，洞穿已过七札，斯为绝技"。评点榜上，它也排在了较为靠前的第五十八位。同时，这首词也深得古代创作型读者的喜爱，共被唱和过 16 次，列单榜第十位。正是此二项成绩，使此词最终得以跻身宋词百首名篇之列。

而到了现当代，情形则大为不同。除其在当代互联网上以近 2 万次的链接数排名第六十八位，成绩还差强人意外，其他各项排名都比较低。20 世纪的研究榜上，此词寂寂无闻，一篇研究文章也没有，似乎完全被忽略。选本入选榜上，它也没有像辛弃疾的其他作品那样在现当代受到越来越多的重视，反而是今不如昔，60 种选本仅入选了 11 种。这几项，使得这首词的综合经典指数大大下降，最终只排在宋词排行榜的第八十一位。

第82名

吴文英

唐多令

【排行指标】

历代选本入选次数：26	在100篇中排名：94
历代评点次数：12	在100篇中排名：55
唱和次数：0	在100篇中排名：84
当代研究文章篇数：2	在100篇中排名：74
互联网链接文章篇数：5447	在100篇中排名：97
综合分值：2.76	**总排名：82**

何处合成愁。离人心上秋①。纵芭蕉、不雨也飕飕。都道晚凉天气好，有明月、怕登楼。

年事梦中休②。花空烟水流。燕辞归、客尚淹留③。垂柳不萦裙带住，谩长是、系行舟④。

【注释】

①心上秋：三字合为"愁"字。
②年事：年岁。③淹：滞，久。
④谩：徒，枉然。

何处合成愁。离人心上秋。

　　这首《唐多令》在吴文英词中可谓别具一格，连对吴文英词颇有微词的张炎也称其"疏快"，不"质实"，并感叹这样的词在吴文英集中"惜不多耳"。但是，张炎的这番赞美之辞，却招来了不少吴文英崇拜者的不满。如清人陈洵就毫不客气地说："玉田（张炎字）不知梦窗，乃欲拈出此阕牵彼就我，无识者。"他甚至气愤地把吴文英词五六百年来湮没无闻的原因全归在张炎身上，说："遂使四明（吴文英为浙江四明人）绝调，沉没几六百年，可叹！"反对将此词看作吴文英代表作的意见另有不少，所谓"非梦窗平生杰构”、"非梦窗高处"者是也。

这种争辩其实并没有严格意义上的对与错，不同的审美观念自会有不同、甚至相反的价值评判。争辩中，最大的获益者自然是吴文英词本身。因为，正是肇始于张炎评论而展开的争论，使这首词赢得了 12 次的文人评点，列单项榜第五十五位，为其最终成为宋词经典名篇起到了至关重要的作用。而反观此词的其他各项指标，0 次唱和、2 篇研究文章、26 种入选选本、5 千多次网络链接，成绩和排名都比较靠后。

所以，这首词能成为宋词经典名篇之一，吴文英似乎还得感谢张炎呢。

宋词排行榜

第83名

史达祖

东风第一枝

咏春雪

【排行指标】

历代选本入选次数：21		在100篇中排名：98	
历代评点次数：10		在100篇中排名：66	
唱和次数：8		在100篇中排名：24	
当代研究文章篇数：0		在100篇中排名：92	
互联网链接文章篇数：17150		在100篇中排名：69	
综合分值：2.75		总排名：83	

巧沁兰心，偷粘草甲①，东风欲障新暖。谩凝碧瓦难留，信知暮寒轻浅。行天入镜②，做弄出、轻松纤软。料故园、不卷重帘，误了乍来双燕。

青未了、柳回白眼③。红欲断、杏开素面。旧游忆著山阴④，后盟

【注释】

①甲：花草籽实的外壳。②行天入镜：化用韩愈"入镜鸾窥沼，行天马渡桥"诗意。③柳回白眼：谓早春柳叶初生如眼，蒙雪变白。④"旧游"句：用东晋王徽之雪夜访戴逵事。

遂妨上苑⑤。熏炉重熨，便放慢、春衫针线。恐凤靴、挑菜归来⑥，万一灞桥相见⑦。

⑤"后盟"句：西汉梁孝王雪中置酒兔园，词客毕集，司马相如后至。后，迟，晚。上苑，皇家园林。此指梁孝王园囿。⑥挑菜：唐宋旧俗，农历二月初二日，女子出郊拾菜，士民游观其间，谓之挑菜节。⑦"万一"句：唐郑綮曾曰"诗思在灞桥风雪中驴子上"。此以灞桥典隐含风雪。灞桥，桥名，在今西安城东。

谩凝碧瓦难留，信知暮寒轻浅。

　　史达祖不愧是摹形状物的高手。这首"咏春雪"词与排名第二十五位的《绮罗香》"咏春雨"词，可说有异曲同工之妙。词中始终不见"雪"，而处处又不离雪，雪之情态、意趣、情思完全融于雪的景致和人事里。词中，词人以细腻的笔触描绘了雪中的兰芽嫩草、杏花柳叶、湖面池沼、碧瓦桥畔及人物典事，景象千姿百态，层层皴染中，尽显春雪之形神，实在令人赞叹。

　　这首技法高超、情韵十足的词作，在古代文人群体中赢得了较高的声誉。历代文人唱和 8 次，排名第二十四位，显示了其在古代创作型读者中的独特魅力。历代文人评点 10 次，排名第六十六位，也见证了其在批评型读者中的影响。这两项成绩，是此词得以进入宋词百首名篇的最主要的原因。但或许因为此词用典比较晦涩，使它和古代大众读者及现当代读者之间产生了一定隔膜，0 篇研究文章、21 种入选选本、1 万 7 千余次网络链接数，影响都比较小。最终，这首词只排在了宋词排行榜的第八十三位。

第84名

欧阳修

采桑子

【排行指标】

历代选本入选次数：32	在100篇中排名：84
历代评点次数：7	在100篇中排名：85
唱和次数：1	在100篇中排名：66
当代研究文章篇数：6	在100篇中排名：54
互联网链接文章篇数：14680	在100篇中排名：78

综合分值：2.75　　　　　　　　总排名：84

群芳过后西湖好①，狼藉残红②。
飞絮濛濛。垂柳阑干尽日风。

笙歌散尽游人去，始觉春空。
垂下帘栊③。双燕归来细雨中。

【注释】
①西湖：此指颍州西湖，在今安徽阜阳城西。②狼藉：散乱。③帘栊：窗帘与窗棂，此泛指门窗的帘子。

排行解析

　　欧阳修晚年致仕后住在颍州（今安徽阜阳）。颍州城西北二里处，有风景幽美、可与杭州西湖相媲美的另一"西湖"。历经宦海浮沉与人世沧桑，颍州西湖秀美的风光让词人流连忘返，深深陶醉。他常常徜徉于其间，并把自己安闲自得的感受写进了十首《采桑子》词中。这些词中，最为人们称道的，就是这首"群芳过后西湖好"了。

　　此词写西湖繁华消歇后的静美。这是一种不同于世俗的、绚烂至极而归于平淡的美。这种美，似乎只有长期置身于政治旋涡之中、被纷纭复杂的政事缠绕得身心疲累的人，才能够真正地体味到。在千年流传过程中，

群芳过后西湖好，狼藉残红。飞絮濛濛。

这首词一如词中的淡雅之美，并不那么绚丽耀眼，但也自有其欣赏者。虽然历代评点只有 7 次，列单榜第八十五位，但这些评点者都可称得上是其真正的知音。如陈廷焯就说："始觉春空"四字，可使人"猛省"。俞陛云也说："此词独写静境，别有意味。"

综观各项指标，随着时间的流逝，这首词的影响呈明显上升的趋势。入选的 32 种古今选本中，23 种是现当代的。20 世纪的研究榜上，它也以 6 篇研究专文列单榜第五十四位。而在古代的各项指标中，仅有唱和一项排名稍为靠前，但也仅有 1 首和词，影响很小。所以，是现当代的读者最终提升了这首词的知名度，并使其名列宋词排行榜的第八十四位。

第85名

蒋捷

一剪梅

舟过吴江①

【排行指标】

历代选本入选次数：25	在100篇中排名：96
历代评点次数：4	在100篇中排名：94
唱和次数：0	在100篇中排名：84
当代研究文章篇数：18	在100篇中排名：21
互联网链接文章篇数：11220	在100篇中排名：81
综合分值：2.73	总排名：85

一片春愁待酒浇。江上舟摇。
楼上帘招②。秋娘渡与泰娘桥③。
风又飘飘。雨又萧萧。

何日归家洗客袍。银字笙调④
心字香烧⑤。流光容易把人抛。红
了樱桃。绿了芭蕉。

【注释】

①吴江：今江苏吴江，西濒太湖。
一说指流经吴江境内的吴淞江。
②帘：旧时酒家茶馆作店招的
旗子。③秋娘渡、泰娘桥：均
为吴江地名。④银字笙：笙管
上标有表示音调高低的银字的
笙。调：奏。⑤心字香：制成
心字形的盘香。

排行解析

宋度宗咸淳十年（1274），蒋捷中进士。但仅过了两年，南宋都城临安就为蒙古铁骑踏破。又三年后，陆秀夫背着小皇帝赵昺投海，南宋王朝最终灭亡。入元后，曾有人举荐蒋捷出来做官，但他断然拒绝了，一直隐居不仕，抱节终身。这首《一剪梅·舟过吴江》，写的就是词人国破家亡后四处漂泊、颠沛流离的遭遇与内心感受。

在历史流传过程中，这首词20世纪以前所受的关注非常少。选本入选项排名第九十六位，本来就很靠后，而25种入选选本中，古代仅有10种；古代评点也只有4次，列第九十四位；历代唱和数更是为0，排名最后，成

流光容易把人抛。红了樱桃。绿了芭蕉。

绩都不理想。

　　而 20 世纪以来，这首亡国遗民的漂泊流浪之歌，终于得到了人们较为广泛的认可。其在当代网络上的影响虽不很大，仅排名八十一位，但相对于古代的各项指标，已经提高了不少。尤其是研究文章一项，共有 18 篇专文发表，排名第二十一位，大大提升了这首词的影响，并最终使其跻身宋词百首名篇之列。

宋词排行榜

第86名

周邦彦
过秦楼

【排行指标】

历代选本入选次数：33		在100篇中排名：81	
历代评点次数：10		在100篇中排名：66	
唱和次数：6		在100篇中排名：33	
当代研究文章篇数：1		在100篇中排名：84	
互联网链接文章篇数：7430		在100篇中排名：92	
综合分值：2.70		总排名：86	

水浴清蟾①，叶喧凉吹，巷陌马声初断。闲依露井，笑扑流萤，惹破画罗轻扇②。人静夜久凭阑。愁不归眠，立残更箭③。叹年华一瞬，人今千里，梦沉书远。

空见说、鬓怯琼梳，容销金镜，渐懒趁时匀染④。梅风地溽⑤，

【注释】

①清蟾：代指明月。②"笑扑"二句：化用杜牧"轻罗小扇扑流萤"诗意。③更箭：即漏箭，古代计时器漏壶的部件。④匀染：指化妆。⑤梅风：梅雨季节刮的风。溽（rù）：湿。

虹雨苔滋，一架舞红都变⑥。谁信无聊为伊，才减江淹，情伤荀倩⑦。但明河影下，还看稀星数点。

⑥舞红：指落花。⑦情伤荀倩：荀倩，即荀粲，字奉倩，三国魏玄学家。重情，妇亡后郁郁而终。

排行解析

　　周邦彦的这首《过秦楼》，是怀人念远的名篇。

　　词作的艺术构思十分精巧。抒情主人公的心理活动在过去与现在、想象与现实中往复跳荡，叹离伤别之情在抚今追昔中层层展现，跌宕起伏，具有强烈的艺术感染力。明代李攀龙曾指出"不当以凡品目之"，清代的陈廷焯也认为其"婉约纤绵，凄艳绝世，满纸是泪，而笔墨极尽飞舞之致"。

　　或许是因为用词过于精致，"清蟾"、"舞红"一类词语与大众读者距离较远，不论是古今选本还是当代的网络传播方面，这首词的影响都比较低，均排名八十位之后。最终促使此词登上宋词排行榜第八十六位的，是评点和唱和两项。历代文人评点 10 次，列单榜第六十六位；文人唱和 6 次，排单榜第三十三位。可见在专业型读者那里，这首词的影响还是比较大的。

第87名

晁冲之

汉宫春

梅

【排行指标】

历代选本入选次数：29		在100篇中排名：91
历代评点次数：14		在100篇中排名：46
唱和次数：5		在100篇中排名：37
当代研究文章篇数：0		在100篇中排名：92
互联网链接文章篇数：12500		在100篇中排名：78

综合分值：2.69　　　　　　**总排名：87**

潇洒江梅①，向竹梢稀处，横两三枝。东君也不爱惜②，雪压风欺。无情燕子，怕春寒、轻失花期③。惟是有、南来归雁，年年长见开时。

清浅小溪如练④，问玉堂何似⑤，茅舍疏篱。伤心故人去后，冷落新诗。微云淡月，对孤芳、分付他谁。空自倚、清香未减，风流不在人知。

【注释】

①江梅：一种野生梅花。②东君：太阳神名。③"无情"二句：燕子北归时，梅花花时已过，故云。④"清浅"句：化用谢朓"澄江静如练"诗意。⑤玉堂：指豪贵宅第。

　　这首《汉宫春》词的著作权，历来存有争议。宋代有影响的几个选本如《梅苑》、《乐府雅词》、《花庵词选》及《全芳备祖》等，都将它归于李邴的名下，后代有不少人沿袭这个说法。而同样具有权威性的《直斋书录解题》、《苕溪渔隐丛话》等著作，则认为它是晁冲之的作品，同样有不少人认可这个说法。但这种争议似乎与此词上榜的关系并不大，历代评点中也仅有不多的几次与作者问题有关。其上榜的真正理由，还是来自于它的内质。

空自倚、清香未减，风流不在人知。

　　北宋徽宗年间，词坛上一片柔婉靡曼之声，这首《汉宫春》却能借梅喻志，以梅的孤高、雅逸喻人的品格、情怀，含蓄蕴藉，韵味悠长，让人倍感清爽。因而这首词在问世后的百余年间，曾风行一时。刘壎《水云村稿》卷四记载说，此词与姜夔的《暗香》、《疏影》，及刘一止的《夜行船》（十顷疏梅开半就）一起，"并喧竞丽者殆百十年"。陈振孙《直斋书录解题》也说，晁冲之"压卷《汉宫春》梅词"行于世。统计数据也证实，这首词在宋代的影响最为突出，唱和都集中在宋代，评点中宋代也有 4 次。

　　综观各项指标，这首词的声名在文士中响，在大众中弱；在古代响，在现当代弱。排名靠前的是评点与唱和两项。历代评点共 14 次，排单榜第四十六位，其中古代有 12 次。古代文人唱和 5 次，排单榜第三十七位。而在现当代，20 世纪的文章研究数为 0，现当代的 60 种选本也仅入选了 5 种。只有当代网络链接排名第七十八位，成绩稍好些。所以说，这又是一首由古代文人读者造就的名篇。

第88名

周邦彦
蝶恋花

【排行指标】

历代选本入选次数：48	在100篇中排名：41
历代评点次数：8	在100篇中排名：79
唱和次数：3	在100篇中排名：55
当代研究文章篇数：5	在100篇中排名：57
互联网链接文章篇数：7220	在100篇中排名：93
综合分值：2.69	**总排名：88**

月皎惊乌栖不定。更漏将残，
辘辘牵金井①。唤起两眸清炯炯。
泪花落枕红绵冷②。

　　执手霜风吹鬓影。去意徊徨③，
别语愁难听。楼上阑干横斗柄④。
露寒人远鸡相应⑤。

【注释】

①辘（lì）辘：即辘轳，汲取井
水的工具。②红绵：指以红色
丝绵做成的枕芯。③徊徨：徘
徊彷徨，心神不定。④阑干：
栏杆。一说，为横斜貌。斗柄：
北斗之柄。⑤"露寒"句：化
用温庭筠"鸡声茅店月，人迹
板桥霜"诗意。

排行解析

　　这是一首凄婉动人的别情词。短短六十字，就将别前、别时、别后情景写得凄迷幽怨，如在目前。正如俞陛云所说："从将晓景物说起，而唤睡醒，而倚枕泣别，而临风执手，而临别依依，而行人远去，次第写出，情文相生，为自来录别者希有之作。"

　　选本是这首词扩大其影响的最主要方式。历代共有48种选本选录此词，排名第四十一位，有效地保证了其传播效力。其中，明代入选率最高，22种选本中入选了19种，成绩显著。同时，历代评点8次，排名第七十九位；古代唱和3次，排名第五十五位；20世纪有5篇研究文章发表，排名

月皎惊乌栖不定

第五十七位，也都为这首词知名度的扩大起到了一定作用。不过，从总体上来看，这首词在历代三大读者群中的影响并不算突出，尤其在当代网络上的关注度非常低，链接数仅 7 千余次，因而其宋词排行榜排名也仅为第八十八位。

第89名

秦观

望海潮

【排行指标】

历代选本入选次数：52	在100篇中排名：37
历代评点次数：8	在100篇中排名：79
唱和次数：3	在100篇中排名：55
当代研究文章篇数：4	在100篇中排名：60
互联网链接文章篇数：30000	在100篇中排名：49
综合分值：2.65	**总排名：89**

梅英疏淡，冰澌溶泄①，东风暗换年华。金谷俊游②，铜驼巷陌③，新晴细履平沙。长记误随车④。正絮翻蝶舞，芳思交加。柳下桃蹊⑤，乱分春色到人家。

西园夜饮鸣笳⑥。有华灯碍月，飞盖妨花。兰苑未空⑦，行人渐

【注释】

①澌（sī）：河水解冻时流动的冰块。溶泄：晃动貌。②金谷：即西晋石崇所建金谷园，在洛阳城西，为文人雅集胜地。俊游：快意的游赏。③铜驼巷陌：即铜驼街。在洛阳，为少年游冶之地。④误随车：语本韩愈诗："只知闲信马，不觉误随车。"⑤桃蹊：桃树下的小路。蹊，小路。⑥西园：为北宋驸马都尉王诜在汴京所建之园。苏轼、秦观等曾雅集于此。⑦兰苑：对园林的美称，此指西园。

老^⑧，重来是事堪嗟。烟暝酒旗斜。但倚楼极目，时见栖鸦。无奈归心，暗随流水到天涯。

⑧行人：词人自指。

排行解析

宋哲宗绍圣元年（1094）春，秦观因新旧党争被贬。在即将离开京城

兰苑未空，行人渐老，
重来是事堪嗟。

的时候，他写下这首著名的感今怀旧的《望海潮》词。此词或因佳句"柳下桃蹊，乱分春色到人家"被赞为"思路幽绝，其妙令人不可思议"，或因全词手法高超被称为"两两相形，以整见动""以顿宕之笔，为追忆之词"，影响都不小。

也正因为此，这首词赢得了历代批评型和创作型读者的肯定，也吸引了20世纪部分研究型读者的关注。排行榜上，历代文人评点8次，排名第七十九位；历代唱和3次，排名第五十五位；20世纪研究文章4篇，排名第六十位，都是不错的成绩。在普通大众读者中，这首词更具有不凡的魅力，共入选历代选本52次，列入选榜第三十七位；当代互联网相关链接也有3万篇次，列第四十九位。不过，从总体上来看，这首词的综合实力还不够突出，故最终排名也不免靠后些。

第90名

叶梦得

贺新郎

【排行指标】

历代选本入选次数：35		在100篇中排名：75
历代评点次数：15		在100篇中排名：39
唱和次数：4		在100篇中排名：46
当代研究文章篇数：0		在100篇中排名：92
互联网链接文章篇数：32530		在100篇中排名：45
综合分值：2.64		**总排名：90**

睡起啼莺语。掩青苔、房栊向晚，乱红无数。吹尽残花无人见，惟有垂杨自舞。渐暖霭、初回轻暑。宝扇重寻明月影①，暗尘侵、尚有乘鸾女②。惊旧恨，遽如许③。

江南梦断横江渚。浪黏天、葡萄涨绿④，半空烟雨。无限楼前沧

【注释】

①明月：喻指团扇。语出汉乐府《怨歌行》："裁为合欢扇，团团似明月。"②乘鸾女：月中仙女。此指所恋歌妓。③遽：竟。④葡萄涨绿：形容江水涨涌，色如葡萄碧绿。化用李白"遥看汉水鸭头绿，恰似葡萄初酸醅"诗意。

波意，谁采蘋花寄取。但怅望、兰舟容与⑤。万里云帆何时到，送孤鸿、目断千山阻。谁为我，唱《金缕》。

⑤容与：缓慢难行的样子。

吹尽残花无人见，惟有垂杨自舞。

　　这首婉丽多情的《贺新郎》词问世后，曾经"名震一时"，"虽游女亦知爱重"。因为词中"谁为我，唱《金缕》"之句，《贺新郎》曲牌还获得了《金缕曲》的别名。其影响力可见一斑。

　　统计数据也显示，在古代、尤其是宋明两代，这首词确实在各类读者中赢得了广泛声誉。评点榜上，历代评点共有15次，列单榜第三十九位。其中，有8次来自宋代，超过了一半。选本入选榜上，此词名列第七十五位，35种入选选本中，明代占了17种，接近一半。唱和榜上，此词更是排到了第四十六位，从宋至清顺康时期共被唱和过4次。这三项指标最终决定了这首词的总体排名。

　　不过，从清代开始，这首词的影响力在明显下降。清代，21种选本仅入选了5种，评点仅3次，唱和0次。现当代，60种选本也只入选了12种，研究文章为0。虽然21世纪的网络链接数超过了3万篇次，影响力有所回升，但还是无力挽回其综合指数逐渐下降的趋势，最终只排名第九十位。

第91名

李清照

渔家傲

【排行指标】

历代选本入选次数：33	在100篇中排名：81
历代评点次数：1	在100篇中排名：79
唱和次数：1	在100篇中排名：66
当代研究文章篇数：9	在100篇中排名：44
互联网链接文章篇数：27890	在100篇中排名：54
综合分值：2.62	总排名：91

天接云涛连晓雾。星河欲转千帆舞。仿佛梦魂归帝所①。闻天语。殷勤问我归何处。

我报路长嗟日暮。学诗谩有惊人句。九万里风鹏正举②。风休住。蓬舟吹取三山去③。

【注释】

①帝所：天帝所居之所。
②"九万里"句：典出《庄子·逍遥游》："鹏之徙于南冥也，水击三千里，抟扶摇而上者九万里。"举，飞，飞起。③蓬舟：轻如蓬草的小舟。三山：古时传说，渤海上有蓬莱、方丈、瀛洲三座神山。

排行解析

　　李清照词中，这是一首"绝似苏辛派，不类《漱玉集》中语"的特别作品。

　　作为婉约正宗之一的李清照，她的这首颇具豪放风格的词作在相当长时期内并不为人们所关注。排行指标中，历代评点与唱和数均为1次；古代词选也只录了4次，在奉婉约为正宗的明代，入选数更是为0。毫无疑问，这些都极大地影响了此词在古代读者中的传播。

　　所幸，进入20世纪后，这首词的传播情形有了很大改观。首先，与古代选家对此词的漠视态度不同，现当代共有29种选本选录此词，超过百首宋词此期平均入选数3次。其次，在当代互联网上，其链接数也接近3万篇次，排名第五十四位。再次，研究型的读者们也贡献了9篇文章，列单榜第四十四位，在各项指标中排名最为靠前。正是在现当代读者的高度关注下，这首《渔家傲》昂首步入了宋词百首名篇之列。

宋词排行榜

第92名

周邦彦

解语花

元宵

【排行指标】

历代选本入选次数：40	在100篇中排名：64
历代评点次数：12	在100篇中排名：55
唱和次数：3	在100篇中排名：55
当代研究文章篇数：2	在100篇中排名：74
互联网链接文章篇数：8010	在100篇中排名：90
综合分值：2.59	总排名：92

风销焰蜡，露浥红莲①，花市光相射。桂华流瓦②。纤云散、耿耿素娥欲下③。衣裳淡雅。看楚女、纤腰一把。箫鼓喧，人影参差，满路飘香麝④。

因念都城放夜⑤。望千门如昼，嬉笑游冶。钿车罗帕。相逢处、自

【注释】

①浥(yì)：沾湿。红莲：指荷花灯。②桂华：月光。③耿耿：明亮貌。素娥：嫦娥别称。④香麝：指麝香一类香料的香气。⑤放夜：旧时都城有夜禁，禁止夜间通行。自唐代，正月十五日前后各一日弛禁，准许百姓夜行，称为"放夜"。

有暗尘随马。年光是也⑥。唯只见、
旧情衰谢。清漏移⑦，飞盖归来，
从舞休歌罢。

⑥年光:光景,节日的气氛。是:
像,似。⑦清漏移:指夜深。漏,
即滴漏。

排行解析

　　宋词中，咏元宵的作品很多。但节序虽一，感触却异。如百首名篇中，
欧阳修的《生查子》（去年元夜时）追念失落的爱情，李清照的《永遇乐》
（落日熔金）抒写国破家亡的怆痛，辛弃疾的《青玉案》（东风夜放花千树）
以元宵夜的热闹凸显幽独之人的别样情怀,等等。周邦彦的这首《解语花》，
则在宦所和京城元宵盛景的对比中，发抒自己的失意之情和抑郁之气。

　　此词之所以能荣登宋词百篇榜，主要得力于其在古代读者中的影响。
排行指标中，元明的 22 种选本全部入选；清代虽只入选了 21 种选本中的
8 种，但也超出了百首宋词在此期的平均入选数。3 次唱和与 12 次评点，
也都名列单榜的第五十五位。

　　相对而言，此词在现当代的影响比较小。20 世纪的研究文章仅 2 篇，
当代网络的链接数仅 8 千余次，现当代 60 种选本只入选了 10 种。从中可
以看出，此词正在逐渐淡出人们的视线。究其原因，此词用语求新、构思
求奇，使其在大受古代读者追捧的同时，也同时造成了其与现当代读者之
间的疏离。正如王国维所说:"词忌用替代字。美成《解语花》之'桂华流瓦'，
境界极妙，惜以'桂华'二字代月耳。"

第93名

姜夔

点绛唇

丁未冬过吴松作①

【排行指标】

历代选本入选次数：36		在100篇中排名：73
历代评点次数：8		在100篇中排名：79
唱和次数：0		在100篇中排名：84
当代研究文章篇数：4		在100篇中排名：60
互联网链接文章篇数：14600		在100篇中排名：76

综合分值：2.59　　　　　　　总排名：93

　　燕雁无心②，太湖西畔随云去。
数峰清苦。商略黄昏雨③。

　　第四桥边④，拟共天随住⑤。
今何许。凭阑怀古。残柳参差舞。

【注释】

①吴松：即吴淞江。一说指吴江，即今江苏吴江市。②燕（yān）雁：北来之雁。燕，周代诸侯国名，在今北京、河北一带，此泛指北地。③商略：商量，酝酿。④第四桥：即甘泉桥，苏州桥名。⑤天随：指晚唐诗人陆龟蒙。陆龟蒙自号天随子，曾隐居吴江。

排行解析

　　宋孝宗淳熙十四年（1187）春，姜夔由杨万里介绍由湖州（今属浙江）至苏州访范成大，后又多次往返苏湖间。此年冬，姜夔经过晚唐诗人陆龟蒙曾经隐居的吴松时，写下了这首《点绛唇》。词作虽"只摹写眼前景物"，却有"感时伤世"的"无穷哀感"，"令读者吊古伤今，不能自止"，因而

数峰清苦。商略黄昏雨。

被陈廷焯赞为词中"绝调"。

　　看历代评点榜,8 次评点中有 5 次都是"吊古伤今"性的。除陈廷焯外,俞陛云、陈匪石、唐圭璋等著名词学家,都对此词于景物摹写中透出的洒落胸襟和沧桑之感表示了赞许。能够在两万多首宋词中脱颖而出,其所融涵的令读者"不能自止"的"吊古伤今"之情,确是最主要的因素。

　　综观各项指标,这首词在穿越历史时空的过程中,生命力呈逐渐增强的趋势。这和姜夔名篇中许多长调慢词的传播情形恰好相反。选本入选榜上,其在元明时默默无闻,只入选了 22 种选本中的 1 种。即便在姜夔词红遍大江南北的清代,它也只入选了 21 种选本中的 5 种。而在现当代,则有 28 种选本选录此词,超过其总入选数的三分之二。批评型读者中,除现当代的几位词学大家都给予了充分肯定外,还有 4 篇研究论文发表,列单榜第六十位;当代互联网上,其链接数也接近 1.5 万篇次,列单榜第七十六位。所以,这首《点绛唇》最终能名列宋词排行榜的第九十三位,功劳自然要首先记在现当代读者身上。

第94名

陈亮

水龙吟

春恨

【排行指标】

历代选本入选次数：39	在100篇中排名：67
历代评点次数：10	在100篇中排名：66
唱和次数：1	在100篇中排名：66
当代研究文章篇数：0	在100篇中排名：92
互联网链接文章篇数：22860	在100篇中排名：61
综合分值：2.57	总排名：94

闹花深处层楼①，画帘半卷东风软。春归翠陌，平莎茸嫩②，垂杨金浅。迟日催花③，淡云阁雨④，轻寒轻暖。恨芳菲世界，游人未赏，都付与、莺和燕。

寂寞凭高念远。向南楼、一声归雁。金钗斗草⑤，青丝勒马，风

【注释】

①闹花：指花开繁盛，用宋祁"红杏枝头春意闹"句意。②平莎（suō）：平整的草。莎，草名。茸：草初生时纤细柔软的样子。③迟日：指春日。《诗经·七月》有"春日迟迟"诗句。④淡云阁雨：云淡雨止。阁，同"搁"，停止。⑤斗草：即斗百草，古代一种游戏。

流云散。罗绶分香⑥，翠绡封泪⑦，
几多幽怨。正销魂，又是疏烟淡月，
子规声断。

⑥罗绶分香：指分别。罗绶，
罗带。⑦翠绡封泪：唐时名妓
灼灼与裴质相好，裴召还，灼
灼以软绡聚红泪为寄。绡，生
丝织成的绸子，此指丝巾。

排行解析

　　陈亮和辛弃疾一样，是以气节自负、功业自许的豪杰之士。他的词，
也多是慷慨豪放、激烈劲直之作，而这首《水龙吟》却风格大为不同。此
词究竟是侠骨热肠之人为多情孤独的伊人所作的代言词，还是假闺怨之情
抒写英雄志士的愤懑与怀抱，读者各有不同的理解。

　　游弋于寄托与离情之间的词旨，引起了不少词评家的注意。有人认为
这是一首风格婉约的本色词，抒写的是离情。明末毛晋就认为陈亮词"不
作一妖语、媚语"，但读到这首词后又马上改口说："偶阅《中兴词选》，得《水
龙吟》以后七阕，亦未能超然。"而清人黄苏则认为此词"策言恢复之事，
甚剀切"，刘熙载甚至认为其"言近旨远，直有宗留守大呼渡河之意"。历
代文人的10次评点，基本上都是围绕着这一问题展开的。

　　看排行指标，文人评点、选本入选、唱和与当代网络等项的排名相对
均衡，都排在六十几位。可见，这首词不论对创作型读者、批评型读者，
还是对一般的大众读者，都有一定的影响，但影响又不是很大。而20世
纪的0篇研究文章，又在一定程度上削弱了这首词的综合实力，所以其最
终排名仅为宋词排行榜的第九十四位。

第95名

晁补之

摸鱼儿

东皋寓居①

【排行指标】

历代选本入选次数：45	在100篇中排名：53
历代评点次数：8	在100篇中排名：79
唱和次数：1	在100篇中排名：66
当代研究文章篇数：0	在100篇中排名：92
互联网链接文章篇数：1462	在100篇中排名：99

综合分值：2.55　　　　　　　　　　总排名：95

买陂塘、旋栽杨柳，依稀淮岸
江浦。东皋嘉雨新痕涨，沙嘴鹭来
鸥聚。堪爱处，最好是、一川夜月
光流渚。无人独舞。任翠幄张天②，
柔茵藉地③，酒尽未能去。

青绫被，莫忆金闺故步④。儒
冠曾把身误⑤。弓刀千骑成何事，

【注释】

①东皋寓居：晁补之罢归金乡
时在东皋建归去来园。东皋，
水边的向阳高地。皋，水边高地。
②翠幄：绿色帐幕。此指杨柳。
③柔茵：柔软的垫子，此指草
地。藉（jiè）：衬，垫。④"青
绫被"二句：谓不要留恋自己以
前在汴京的官场生活。青绫被，
汉制，尚书郎值夜时，官供新
缣青绫被或锦被。金闺，即金
马门，汉官门名，此代指朝廷。
⑤"儒冠"句：化用杜甫"儒

荒了邵平瓜圃⑥。君试觑。满青镜、星星鬓影今如许。功名浪语。便似得班超，封侯万里，归计恐迟暮⑦。

冠多误身"诗意。⑥邵平瓜圃：西汉邵平为故秦东陵侯。秦破，种瓜于长安城东。⑦"便似得"三句：东汉班少有大志，投笔从戎，后出使西域，功封定远侯。在西域三十余年，七十一岁才回到京都洛阳，不久即逝。

买陂塘、旋栽杨柳，依稀淮岸江浦。

排行解析

　　这首《摸鱼儿》约作于宋徽宗崇宁二年（1103）。这一年，徽宗起用新党，元祐党人再度遭受打击。属于元祐党人的晁补之自然也遭到贬谪，回到故乡山东济州金乡，在东山"葺归来园"，"自号归来子，忘情仕进"，过起潜隐的生活。这首词，就是年过半百的词人在归隐东山后写的。

　　也许，古代很多文士都曾有"归去来"的情结，因而这首"清迥拔俗"的词作在古代文人读者那里颇有影响。如南宋著名词学家、"性乐闲退"的胡仔就非常喜欢这首词，平时常"击节"以歌之。历代文人的 8 次评点，也多是肯定性的。同时，此词也是古代文士喜爱仿和的作品之一。虽然我们统计到的历代唱和仅有 1 次，但据《词徵》卷一所说："晁无咎《摸鱼儿》、苏子瞻《酹江月》、姜尧章《暗香》《疏影》，此数词和韵最多。"可知这首词的和作一定不在少数。选本入选榜上，此词共入选了 45 种选本，其中33 种是古代选本。所以，在古代，这首词确实是名副其实的经典名篇。

　　但进入 20 世纪后，这首词的影响力却在明显下降。60 种现当代选本仅入选了 12 种，研究文章为 0 篇，当代网络链接数也仅 1 千余次。这无疑大大降低了此词的综合实力，并使其最终仅排在宋词排行榜的第九十五位。

第96名

周邦彦
解连环

【排行指标】

历代选本入选次数：38	在100篇中排名：71
历代评点次数：11	在100篇中排名：58
唱和次数：5	在100篇中排名：37
当代研究文章篇数：1	在100篇中排名：84
互联网链接文章篇数：11680	在100篇中排名：80
综合分值：2.52	总排名：96

【注释】

①解连环：战国时秦王曾送给齐君王后玉连环，以试其智，君王后椎破之，以之为解。
②燕子楼空：谓佳人已去。唐张建封有爱妓关盼盼，张死后，盼盼念旧爱而不嫁，居张氏旧楼十余年。此反用其典。③弦索：乐器上的弦。此泛指乐器。
④杜若：香草名。

怨怀无托。嗟情人断绝，信音辽邈。纵妙手、能解连环①，似风散雨收，雾轻云薄。燕子楼空②，暗尘锁、一床弦索③。想移根换叶。尽是旧时，手种红药。

汀洲渐生杜若④。料舟依岸曲，人在天角。谩记得、当日音书，把闲语闲言，待总烧却。水驿春回，望寄我、江南梅萼⑤。拚今生、对花对酒，为伊泪落。

⑤"望寄我"句：用南北朝时陆凯寄赠范晔梅花故事。

排行解析

　　相思离别词中，这首《解连环》很是特别。首先，其题材新颖，以男

燕子楼空，暗尘锁、一床弦索。

性主人公为被弃对象。其次，艺术上也别具一格。周邦彦的长调慢词，向来以精巧工丽、含蓄典雅著称，而此词却在工巧的同时又直抒胸臆，特别是"怨怀无托"与"为伊泪落"二句，一开头，一结尾，真情流露，坦率质朴。

或许因为这首词不能代表周邦彦慢词的主体特色，所以其受关注的程度比周邦彦的其他名篇都要低。各项指标中，除了影响力不很广泛的唱和项排名第三十七位，名次较为靠前外，其他各项排名均比较靠后。因而其总体名次也只排在第九十六位。

但又不可否认，这首词能从周邦彦一百八十余首词中脱颖而出，也正因为这种非主流的别样风格。选本入选榜上，虽然其入选总数不高，但在元明时期，22 种选本中竟有 19 种选录，成绩惊人。率真之语抒率真之情，正迎合了此期市民文化蓬勃发展的时代心理，其流传之广是自然而然的。对词作传播起重要引导作用的文人评点，对此词的这一特点也颇为称誉。如针对结末数句，况周颐《蕙风词话》就评价说："'拚今生，对花对酒，为伊泪落'，此等语愈朴愈厚，愈厚愈雅，至真之情由性灵肺腑中流出，不妨说尽，而愈无尽。"确是切中肯綮。

第97名

张炎
八声甘州

【排行指标】

历代选本入选次数：31		在100篇中排名：86
历代评点次数：11		在100篇中排名：58
唱和次数：1		在100篇中排名：66
当代研究文章篇数：2		在100篇中排名：74
互联网链接文章篇数：89590		在100篇中排名：19
综合分值：2.50		总排名：97

辛卯岁①，沈尧道同余北归②，
各处杭、越③。逾岁，尧道来问寂寞，
语笑数日，又复别去。赋此曲，并
寄赵学舟④。

记玉关、踏雪事清游⑤。寒气
脆貂裘。傍枯林古道，长河饮马，

【注释】

①辛卯岁：指元世祖至元
二十八年（1291）。②沈尧道：
名钦，作者友人。③各处杭、越：
南归后，沈钦居杭州，作者居
越州（今浙江绍兴）。④赵学舟：
名与仁，作者友人。⑤玉关：
玉门关，此泛指北地。

此意悠悠。短梦依然江表⑥，老泪洒西州⑦。一字无题处，落叶都愁⑧。

载取白云归去，问谁留楚佩，弄影中洲⑨。折芦花赠远，零落一身秋。向寻常野桥流水，待招来、不是旧沙鸥。空怀感，有斜阳处，却怕登楼。

⑥江表：指长江以南地区。
⑦"老泪"句：东晋羊昙为谢安所爱重。后谢安扶病还都，从西州城门入。谢安死后，羊昙遂不行西州路。一次大醉，误至州门，知后乃痛哭而去。西州，古城名，在今南京西。
⑧"一字"二句：翻用唐"红叶题诗"故事。
⑨"问谁留"二句：化用《楚辞·九歌·湘君》"君不行兮夷犹，蹇谁留兮中洲？……捐余玦兮江中，遗余佩兮澧浦"诗意。佩，古时系在衣带上的玉饰。

傍枯林古道，长河饮马，此意悠悠。

排行解析

　　元至元二十七年（1290），南宋灭亡十几年后，四十四岁的张炎和他的好友沈钦应召为朝廷写金字《藏经》，此年冬天到达北京。第二年完成任务后，词人又回到越州，并时常与沈钦、赵与仁等书信往来。又过了一年，沈钦从杭州来看望张炎，相聚数日而去。这首《八声甘州》，就是二人分别后张炎写寄沈钦和赵与仁的。

　　词从苍莽寒远的北地饮马起笔，写到江南深秋的落叶凝愁，故友星散的离恨，身世零落、人事全非的惆怅，与对故国的悲情追念融合一体，"老泪"抛洒，哀感动人。正如陈廷焯所评："苍凉怨壮，盛唐人悲歌之诗，不足过也。"

　　这首表现了朋友之谊、故国之情与身世之感，同时又体现出词人填词功力的名作，在评点和网络项上取得了较为突出的成绩。历代评点共 11 次，获得不少赞誉，排单榜第五十八位。当代互联网上，其传播力度更大，以近 9 万次的链接数列单榜第十九位。此词能成为宋词百首名篇之一，主要就得益于此二项成绩。可惜其他各项成绩不够理想，最终使其仅排在宋词排行榜的九十七位。

第98名

张炎

解连环

孤雁

【排行指标】

历代选本入选次数：37		在100篇中排名：72
历代评点次数：13		在100篇中排名：50
唱和次数：1		在100篇中排名：66
当代研究文章篇数：3		在100篇中排名：70
互联网链接文章篇数：46160		在100篇中排名：34
综合分值：2.49		**总排名：98**

楚江空晚。怅离群万里，恍然惊散①。自顾影、欲下寒塘②，正沙净草枯，水平天远。写不成书③，只寄得、相思一点。料因循误了④，残毡拥雪⑤，故人心眼⑥。

谁怜旅愁荏苒。谩长门夜悄⑦，锦筝弹怨⑧。想伴侣、犹宿芦花，

【注释】

①恍（huǎng）然：惆怅失意貌。②欲下寒塘：化用唐崔涂《孤雁》"寒塘独下迟"诗意。③写不成书：谓孤雁在空中排不出"一"字或"人"字形。④因循：拖延。⑤残毡拥雪：西汉苏武被匈奴单于置大窖中，绝饮食。天雨雪，武卧啮雪与旃毛并咽之。⑥心眼：谓心的思念与眼的盼望。⑦长门夜悄：化用杜牧《早雁》"仙掌月明孤影过，长门灯暗数声来"诗意。⑧锦筝弹怨：

也曾念春前,去程应转。暮雨相呼⑨,怕蓦地、玉关重见。未羞他、双燕归来,画帘半卷。

化用唐钱起《归雁》"二十五弦弹夜月,不胜清怨却飞来"诗意。
⑨暮雨相呼:语本唐崔涂《孤雁》诗:"暮雨相呼失。"

排行解析

　　这首《解连环》是宋词中咏孤雁的名篇。词中不仅把孤雁形象刻画得栩栩如生,而且遗貌取神,以雁喻人,人、雁合一,一只凄然飘零的孤雁形象与一位饱受辛酸但又不甘屈服的遗民形象相融相合,浑化无痕。作者张炎也因此获得了"张孤雁"的雅号。

　　这首孤雁词保持了张炎填词的一贯特色——巧妙用典、铸语新警、婉曲蕴藉,因而博得了不少批评型读者的肯定。特别是"写不成书,只寄得、相思一点"的描写,巧用"鸿雁传书"典故,化成精妙动人的词句,历来深受赞赏。历代 13 次评点中,很多都是评赏此句的。而评点项第五十位的排名,也对这首词成为经典名篇起到了至关重要的作用。再加上 20 世纪以来,随着爱国诗词地位的提升,这首词的入选率也大幅提高,入选了30 种现当代选本,超出古代 7 次入选总数的三倍。同时,这只"孤雁"在网络上也备受关注,链接数达到 4.6 万余次,列单榜第三十四位。最终,这首词成功晋身宋词百首名篇榜,名列第九十八位。

第99名

苏轼

江城子

密州出猎①

【排行指标】

历代选本入选次数：42		在100篇中排名：58
历代评点次数：1		在100篇中排名：97
唱和次数：0		在100篇中排名：84
当代研究文章篇数：11		在100篇中排名：36
互联网链接文章篇数：43200		在100篇中排名：37
综合分值：2.49		总排名：99

老夫聊发少年狂。左牵黄。右擎苍。锦帽貂裘，千骑卷平冈。为报倾城随太守②，亲射虎，看孙郎③。

酒酣胸胆尚开张。鬓微霜。又何妨。持节云中，何日遣冯唐④。会挽雕弓如满月，西北望，射天狼⑤。

【注释】

①密州：今山东诸城。②太守：作者时任密州知州。③"亲射虎"两句：三国时孙权曾亲乘马射虎于庲亭。孙郎，孙权，此为作者自指。④"持节云中"二句：魏尚为西汉云中太守，抗击匈奴战功卓著，因小过被削职。冯唐进谏，文帝即令冯唐持节赦魏尚，复以为云中守。云中，汉郡名，治所在今内蒙古托克托。⑤天狼：星名，古人以为其主侵掠。这里喻指屡犯北宋西北边境的西夏。

排行解析

　　宋神宗熙宁八年（1075），时任密州知州的苏轼在给友人信中，兴奋地谈到了自己新近填词的情况，说："近却颇作小词，虽无柳七郎风味，亦自是一家。呵呵！数日前，猎于郊外，所获颇多。作得一阕，令东州壮士抵掌顿足而歌之，吹笛击鼓以为节，颇壮观也。"此"作得"的"一阕"，就是这首豪情四溢的《江城子·密州出猎》词。此词记录词人一次打猎的盛况，是其"一洗绮罗香泽之态"、"亦自是一家"的豪放词的第一次成功展示。

　　但让人意想不到的是，作者颇为自得的这首出猎词，古代赏之者却少

老夫聊发少年狂。左牵黄。右擎苍。

之又少。在从宋至清的漫长历史长河中，我们统计的范围所及，仅有1次评点和3种选本入选，影响甚微。直到20世纪，这首词才抖落了身上的历史尘埃，真正焕发出生命的光彩。选本入选榜上，共有39种现当代选本选录此词，超过百首名篇同期平均入选数12次。同时，20世纪的研究者们也贡献了11篇研究专文，列单榜第三十六位。当代网络上，其也有4万余次链接数，列单榜第三十七位。

在现当代各类读者的全面推动下，这首词终于成为宋词中又一后起的经典名篇。

宋词排行榜

第100名

张孝祥
六州歌头

【排行指标】

历代选本入选次数：48		在100篇中排名：41	
历代评点次数：9		在100篇中排名：93	
唱和次数：1		在100篇中排名：66	
当代研究文章篇数：2		在100篇中排名：74	
互联网链接文章篇数：11040		在100篇中排名：82	
综合分值：2.49		**总排名：100**	

长淮望断，关塞莽然平①。征尘暗，霜风劲，悄边声。黯销凝。追想当年事②，殆天数，非人力，洙泗上③，弦歌地，亦膻腥。隔水毡乡，落日牛羊下，区脱纵横④。看名王宵猎⑤，骑火一川明。笳鼓悲鸣。遣人惊。

【注释】

①莽然：草木茂盛貌。②当年事：指靖康之难。③洙泗：洙水和泗水，孔子曾讲学于洙泗之间，后遂成为礼乐文明之地的代称。④区（ōu）脱：此指金人在宋金边界修筑的土堡哨所。⑤名王：这里指泛金兵将领。

念腰间箭，匣中剑，空埃蠹，竟何成。时易失，心徒壮，岁将零。渺神京⑥。干羽方怀远⑦，静烽燧，且休兵。冠盖使⑧，纷驰骛⑨，若为情。闻道中原遗老，常南望、翠葆霓旌⑩。使行人到此，忠愤气填膺。有泪如倾。

⑥神京：指北宋故都汴京。⑦"干（gān）羽"句：用礼乐文化来安抚远方。虞舜"诞敷文德，舞干羽于两阶"，七十天后，作乱的有苗即前来归顺。此处讽刺南宋朝廷向金屈辱求和。干羽，木盾和雉尾，古时舞者所持道具。怀远，安抚边远的人。⑧冠盖使：指前去向金求和的南宋使节。⑨驰骛：纵横奔驰。⑩翠葆：帝王仪仗的一种，以翠羽联缀于竿头，形若盖。葆，车盖。霓旌：缀有五色羽毛的旗帜，亦为一种帝王仪仗。

排行解析

宋高宗绍兴十一年（1141），"绍兴和议"成，宋金东段边境以淮水为界。宋高宗绍兴三十一年（1161）十一月，金主完颜亮毁弃盟约，率六十万军大举南下，很快突破了南宋的淮河防线。一时间，朝野上下震动，宋高宗曾一度打算逃往海上，以避金军锋芒。所幸此时被朝廷派往前线犒军的虞允文率水师在采石矶（在安徽马鞍山西南长江东岸）大败金军，完颜亮后又被部将所杀，才化解了这场危局。采石矶大捷让许多爱国志士欢欣鼓舞，张孝祥就曾写下《辛巳冬闻德音》诗和《水调歌头·闻采石战胜》词，高歌这次来之不易的胜利。但此次大捷后，南宋朝廷仍以和议为计，坐失了乘胜收复失地的大好时机。这年年底，张孝祥到建康留守张浚府上作客，席间写下了这首悲愤万端、声情激越的《六州歌头》。据说，此词成后，即歌于席上。歌罢，张浚深为触动，"罢席而入"。

其实，这首流传千古的爱国名篇又何止令南宋爱国志士感愤不已？数百年后的陈廷焯在谈到自己读此词的感受时也说："张孝祥《六州歌头》一阕，淋漓痛快，笔饱墨酣，读之令人起舞。"正是这种动人心魄的艺术魅力，使得此词成为了宋词中的经典名篇。

看统计数据，此词共有历代评点 9 次，列单榜第七十三位。评点次数虽不多，但却赞誉颇高，影响甚大。20 世纪以来，豪放的爱国诗词越来越受到重视，这首词也大受现当代选家的青睐，一共入选了 39 种现当代选本，超过百首名篇同期平均入选数 12 次，显示出强大的生命力。虽然此词在其他项上影响不够，但古代评点家的极度赞赏和现当代选家的大力推介，终使其成为百首名篇的收官之作。

百篇宋词排行榜中，高蹈沉厚的"大江东去"词开其首，痛快淋漓的《六州歌头》收其尾。两首豪放名作，两位天才词人，不知这是一种纯粹的巧合，还是一种耐人寻味的历史选择？